风从云中
牵出了一匹马

The wind pulled a horse
out of the cloud

芬霞 著

敦煌文艺出版社

图书在版编目（CIP）数据

风 从云中牵出了一匹马 / 王芬霞著. -- 兰州：
敦煌文艺出版社，2022.10
ISBN 978-7-5468-2243-3

Ⅰ.①风… Ⅱ.①王… Ⅲ.①诗集－中国－当代
Ⅳ.①I 227

中国版本图书馆CIP数据核字（2022）第 181661 号

风 从云中牵出了一匹马

王芬霞 著

责任编辑：赵 静
封面设计：黑 凡

敦煌文艺出版社出版、发行

地址：（730030）兰州市城关区曹家巷 1 号新闻出版大厦

邮箱：dunhuangwenyi1958@163.com

0931-2131373（编辑部）

0931-8773112 0931-2131387（发行部）

三河市金兆印刷装订有限公司印刷

开本 787毫米×1092毫米 1/16 印张24 插页1 字数130 千

2022 年 12 月第 1 版 2022 年 12 月第 1 次印刷

ISBN 978-7-5468-2243-3

定价：78.00 元

自我之歌

最早被王芬霞的诗作触动，是读她一首题为《画眉》的小诗，写一个在镜前梳妆的女子，想到了边关冷月，想着在雪线上用脚步丈量国境线的军人，心中焕发出无限柔情。这样的情愫之所以令人难以忘怀，是因为诗作中的某种自我敞开使然：爱意或者是思念，是自发的，纯粹而超然，无利害性，无目的性，甚至与被爱或者是被思念者无关。我想，这正是诗意产生的必要条件。当然，可能还有另一个原因，那就是这类抒情在汉语诗歌的历史上是有原型的，诸如唐代金昌绪的《春怨》："打起黄莺儿，莫教枝上啼。啼时惊妾梦，不得到辽西。"中国女性在爱情中的某种痴迷状态，是我们较为熟知的美学。

在另外的篇章中，这样的"单向"抒情不断再现，但已不限于男女间的情爱，而是包括了曾经的恋人、陌生的故土、去世的亲人或者一个新的生命。这是一种不需要回应的倾诉，一种自发的歌咏，完全源于内心。这也是一种坚定的信念："爱的种子 / 无须肥沃的土壤 / 在贫瘠的土地 / 干旱的沙漠 / 乃至石头上 / 都会生长，开花。"（《爱的种子》）这里，关于爱、理解或者是思念的表达，实际上是写作者的一种自我确认、自我完成，也可以说是精神意义上的自我实现。因此，王芬霞的许多诗作中都出现了第二人称"你"。"你"是谁？"你"在哪里？或许不需要深究，这些身份不同的"你"，可能就包括了阅读者。或者说，所有的"你"，都是阅读者可以设身处地去进入的角色。

大地那么辽阔

你可知，我的孤独

多少次

梦里见你，向我微笑

醒来时，涕泪沾巾

我不知道

我怎么拥有了你

我却知道，你离开后

我的世界，已经倾斜

——《你的身影，你的微笑》

　　毫无疑问，这种向一个匿名者吐露心声的方式，对王芬霞而言更像是一种便利的修辞，只有当潜在的倾听者存在时，言说才那么真挚、坦诚，有时候甚至毫无遮拦。在一定程度上，这其实破解了令当代汉语诗歌饱受折磨的"语言"困境。因为"语言"，一些写作者忘记了写作的初衷；因为"语言"，许多诗人自称在克服写作的"难度"。结果"诗歌语言"就像是芭蕾舞演员的鞋子，"演员们"不穿上这特制的行头就无法舞蹈了。《风，从云中牵出了一匹马》，这本诗集中的很大一部分诗作，都是不那么在乎"语言"的，作者信手拈来，又戛然而止，重视的只是瞬间捕捉到的冲动、感觉，以及对这种感觉和冲动的一股脑诉说，这就极大地释放了诗意的空间，并且解放了形式"语言"。

　　当然，问题的另一个方面也随之而来，那就是一直被诟病的当代汉语诗歌的口语化、散文化。与职业写作者不同，像王芬霞这样的诗歌实践者，往往都是直奔主题，直达意义之核，及时记录下自己突然的心动而已，无意营造词语的乌托邦，不追求"反讽""暗喻""自嘲"式的行话，也没有对"时间""现代性"之维的明确标示，我们只能根据诗歌的题材内容，判断作品的时代背景和作者身世。事实上，美国诗人艾米莉·狄金森的大部分诗作也是这种情形，诗人通常只是不断地、忏悔一般地倾诉，向心中的秘密爱人或者是上帝倾诉，似乎从来都没有考虑过其他读者。结果就是，从"我"到"你"，诗人既限定了阅读，也适当节制了自己的内在情绪，诗歌内容清晰可辨，表述上更接近口语、日记或书信，有时候甚至会口不择言。阅读这样的诗歌，就像看见一枝玫瑰、一枚箭镞、一个苹果或者是一杯茶，作品的面貌一目了然。因为作者从不调侃，也不故意指鹿为马，没有佯装的愤怒、尖刻的社会批评，不建构雄心勃勃的复杂文本。一句话，读这样的诗作，你不会觉得太累。像这样的：

被大片抛弃的荒凉

令太阳焦灼

月光寒凉

饱经沧桑的土地

孤单地听不到一声鸟鸣

荒原上总站立着顽强

一棵沙枣树

站立成荒原上最美的风景

金黄的沙枣花

悄悄散发清香

一棵骆驼草

在沙丘上眺望远方

期盼一滴雨的慰藉

一簇红柳

摇动腰身

摇动钢丝般的坚韧

荒原上还有顽强的生命

蜥蜴、沙鼠、蚂蚁

它们对生存环境的选择

就像我无法选择出生之地

荒原上的生命

被自然赋予了另外的性格

它们

还将忍受荒凉

——《荒野上总站立着顽强》

  很简单，也很清楚，这首诗就是对"荒凉"的注释，和对生命之"顽强"的礼赞，"荒原上总站立着顽强"，即为这首诗的全部。还有像这样的："我曾在荆棘中 / 感受到了刀枪剑戟割裂肉体的痛苦 / 鲜血 / 磨刀石般磨亮了针刺的锋芒 / 也磨亮了我心底的刀锋 / 我曾在暗夜中进退失据 / 被恐怖和绝望淹没 / 黎明的曙光 / 令人颤动 / 我曾在寒冷中瑟瑟发抖 / 我不知道 / 还能等到花朵盛开的春天吗"（《奔走，一如星空的飞翔》）。对脆弱时刻的巅峰体验，已经和盘托出，除此以外就再没有什么了。王芬霞很少留意所谓的时代与社会历史内容，她的观察和抒写对象是生活，而"生活"意味着周而复始的劳作、喘息、自我整理和再上路，生活的对应物是苦难、平庸或辉煌的人生，只有积极与消极的迎击姿态，无须太多空洞的界说，也无须评判。所以，她的笔下没有任何"有闲阶级"式的空虚无聊之叹，没有抱怨、责难、嗔怪，没有愤世嫉俗。她只是在单纯地写照自己的生命："残阳如血／一个人的旷野／悲壮得如同英雄的远征／我将带着我的影子／再出发／任天高地远"。王芬霞的端庄严肃，还有诚恳和真挚，以及任何情况下都不油腔滑调，奇迹般地改变了她写作时口语化或者是散文化的印象，因为她的每一次写作，都过滤出严肃的人生内容而不是其他。

当然，也不能一概而论，像《风，从云中牵出了一匹马》这首诗就有点例外。诗中有意象的营构、意象的关联，也有对社会历史内容的观照："风从云中牵出了一匹马／那匹马目光如炬，鬃毛高扬／时而四蹄凌空，风驰电掣／时而悠然漫步，胜似闲庭"。这匹虚化而来的"马"，是速度的象征，是力与美的化身，是作者从徐悲鸿的绘画中看到过的，是从《骏马奔驰保边疆》的歌声中听到过的，继而，这匹马又从历史深处走来，它是唐玄奘的白龙马，汗渍曾经浸透贝叶经，也是汉代乌孙地方的"天马"，精灵一般在帕米尔高原游荡，最后，它还是长征时毛泽东主席骑过的那匹白马，曾经爬雪山、过草地……我们看，这样的一匹马硬是被"拎"到读者面前，作者就不得不援引个人经验之外的多重资源。显然，驾驭这样的"主旋律"，作者就不那么轻松了，因为这不是她所擅长的方式。最终，王芬霞还是回归到个人这里了："它离我越来越近，越来越近／它富有节奏的蹄声／敲打着我的心／我周身血液凝固／我的骏马／我的心之所爱／当你站立在我面前／我要用我的脸／贴着你的脸／用我的心／贴着你的心／……我要与你／在血性中一同飞扬"。如此说来，王芬霞并不是"十八般武艺"都齐全的诗人，她只是从个人经验、个人情感出发，在完成一种独语般的"自我之歌"。

此外，也没有必要把王芬霞定义为一个地域性的诗人，虽然她的写作常常是与黄土高原、黄河以及河西走廊为观察体验对象的。看上去，她笔下的自然风貌、山川地理清晰可辨，她作品中人的性情和气质，也好像无法和甘肃这样的地方分开。她总是会写到黄河与兰州："黄河流入兰州／就像嫁出去的姑娘回家／面带微笑 步履从容／少了几分野性／多了几分淡定／平缓的水／滋润着娘家人的心田"（《穿城而过的河》）。还会写一种西北地区特有的植物胡麻："胡麻黄了／成熟的胡麻／有着深邃的思想／每一株胡麻／都顶着数颗脑袋／在风中摇头晃脑／如同学者／亦如哲人／胡麻地／一片思想的高地"（《胡麻黄了》）。她也留意到新的丝绸之路："一声汽笛／划破时空／此刻／一列中欧班列正穿过长城／仿佛十万头骆驼在沙漠上狂奔"（《被漠风拂远的思绪》）。不过，地理特征或者是具体的生活环境本身，并非她刻意处理的要素，即便在诸如《想你的泪都流进黄河了》这样的诗作中，她直接采用了"信天游"或者是"花儿"一类西北民歌的形式，这首诗意图呈现的，仍然不过是一种独特的个人经验，也就是刻骨的孤独、刻骨的思念。

　　同样，这本诗集中还有很大一部分诗作，是诗人对春夏秋冬四季的感怀，但阅读后就会发现，王芬霞的"四季歌"，写在西北或写在江南，并无多大分别，诗人着力凸显的，往往是生命在季节中的历练、人生在命运中蹉跎，夏的热烈，秋的平静，冬的洪荒，尽显万物的启迪，多半还是在不知不觉中指向了人类的某些普遍经验。她有一首题为《路径》的短诗，写人在道路交叉口选择时的忐忑，很容易让我们想到美国诗人罗伯特·弗罗斯特那首《一条未走的路》，触发灵感的媒介迥异，却有异曲同工之妙。我想，这也是王芬霞独自"歌唱"的证明。

殷实

2022 年 9 月 9 日

作者系诗人，评论家，曾担任《解放军文艺》副主编，现为该刊副编审。

目　录

风，从云中牵出了一匹马

风从云中牵出了一匹马

那匹马目光如炬，鬃毛高扬

时而四蹄凌空，风驰电掣

时而悠然漫步，胜似闲庭

你矫健的身影

是速度的象征

是力与美的化身

我在徐悲鸿的画中

欣赏你的英姿

我从《骏马奔驰保边疆》的歌声中

领略你的风采

倏忽之间

日光揉碎了时空

那匹白马从历史深处走来

它是玄奘的白龙马吗

它长途跋涉，一路西行

伴随玄奘度过了多少春夏秋冬

贝叶经上

可曾浸透了它的汗渍

那是一匹天马，此刻

它正在帕米尔高原上的

云朵中穿行

它是长征时

毛泽东主席骑过的那匹马吗

爬雪山，过草地

它驮着伟人一路向北

到达延安，此刻

你或许正驮着人民的领袖

巡视人民的江山

哦，骏马

燃烧的激情

奔跑的火焰

仰望天空

那匹马正在向我飞奔

一声嘶鸣，声震寰宇

那是我儿时放牧的那匹马吗

它曾驮着我的青春

在祁连山下纵横驰骋

马蹄声声，青春如歌

它离我越来越近，越来越近

它富有节奏的蹄声

敲打着我的心

我周身血液凝固

我的骏马

我的心之所爱

当你站立在我面前

我要用我的脸

贴着你的脸

用我的心

贴着你的心

哦，骏马

你从来就不是一匹马

你是冲锋的勇士

你是驰骋的精灵

你是高扬的精神

我要与你

在血性中一同飞扬

一窗明月

一窗明月

一窗情怀

一窗诗情画意

春月

妩媚了春夜

春天的月亮

被无数朵鲜花祭献

皎洁的月光

散发着芬芳的花香

在春天迷人的月下

站着一位老人

月光

按下了我慌乱的心跳

那夜

我遇见了你

夏天的月亮

似乎要点燃我的天空

那蓬勃的野草

像疯长的爱

月上柳梢头

我走向河边

走向那片青草地

那夜

月亮躲在了云中

我看着你

你看着我

目光中的烈火

欲将月亮

烤成一块饼

蝉鸣蛙叫

万物

都想对月亮

说出滚烫的情话

秋天的月亮

是母亲做的一个月饼

散发着诱人的香味

春花秋月

唯美了天上人间

金色的秋天

成熟的爱情

像成熟的麦子、玉米、稻谷

散发着五谷的芳香

闪耀着迷人的光芒

我牵着你的手

你牵着我的手

走进爱的殿堂

像走进了月宫

你的脸，像红红的苹果

我咬下一口

喂给了月亮

冬天的月亮

有点高远

有点孤寂

一些事

一些情

躲闪不及

就走到了月下的阴影

伤心，失落

月光照耀着雪地

你在雪地上踽踽而行

谁从天空的高处

撕下了美好的憧憬

长路漫漫

凄迷的月色

照耀着你我

一窗明月

万千情愫

月亮的高枝

月亮的高枝

都挂着亲人的寄托、思念

还有情人的相思、牵挂

轻轻摇晃

便是悲欢离合，情动四海

柳梢头的月亮

为情人洒下一片朦胧

青春靓丽，激情似火

大地起伏，花朵娇艳

我要从月亮的高枝

采撷一缕温情

慰藉你荒芜的心灵

你的柳叶眉

刀一般割我的心

月光压弯了柳枝

真情，像灿烂的星辰

时针，停止了转动

今夜

我被天河之水淹没

邂　逅

从哪里出发

又到哪里

谁在花前期盼

谁在月下等待

相见

是偶然，还是巧遇

彩云遮住了月亮

花朵娇羞，低下了头颅

此情此景

是期盼，还是追忆

水纹把思绪抚远

暮色，携带着苍穹的鸣叫

一匹马，冲破藩篱

邂逅了一路春光

拯　救

黑夜，在拯救星星的温柔

寂寞，在拯救声音的婉转

遥远，在拯救距离的美丽

野草，在秋风中拯救露珠的晶莹

无声的爱

让倾世的月光动情

轻轻地诉说

那落英缤纷的湖面多么宁静

瞬间，石破天惊

大潮涌动

你是一朵泣血的玫瑰

我的目光已不忍触碰

树，还在那里伫立

鱼竿

钓不起沉在湖水里

那些深眠的日子

拯救，只是一厢情愿而已

坐看一朵云的愤怒、失意、孤独

托　管

蓝天托管了我的梦

梦是蓝色的

夜风浪漫

托管了情人的窃窃私语

一棵草

托管了露珠

鞭子

托管了草地上的一群羊

霜降

托管了一片片红叶

月亮

托管了一缕缕相思

今夜

我想把那一丝丝甜蜜托管给你

搀 扶

秋风

搀扶起了一片飘落的树叶

云朵

搀扶起了一片跌落的月光

沙枣树的枝叶

搀扶起了一缕缕思念

大象

用鼻子搀扶着小象

鳄鱼

用嘴唇搀扶着幼小的鳄鱼

母亲搀扶着你

像天空搀扶着大地

云朵

搀扶着天空漫步

风

搀扶着地旋转

青藤

搀扶着树攀爬

一双双看见或看不见的手

挽扶着生命和万物

相互挽扶

我看到了你深情的目光

你的身影，你的微笑

曾经的岁月

你每次见到我

总是微微一笑

我与你

是彼此的影子

不离不弃

你的身影

你的脸颊

刀凿斧雕般刻在心中

远远一见

倍感亲切

我们在一起

有多少难忘的岁月

有多么美好的回忆

我们相约

携手并行

可如今

你终是扔下了我

你睡着的地方

有好多青石

你曾说

星星是石头

你要与星星相伴

星光璀璨

可曾照亮了你前行的路

大地那么辽阔

你可知，我的孤独

多少次

梦里见你，向我微笑

醒来时，涕泪沾巾

我不知道

我怎么拥有了你

我却知道，你离开后

我的世界，已经倾斜

滂沱的大雨

夜夜，夜夜

把我淋得精湿

春天的使者

一株破土而出的春苗

带来了春的信息

稚嫩的小苗

在春风中摇曳

像是向给了她生命的土地颔首

阳光、雨露

滋润着她一天天成长

给予她向上的力量

小苗

春天的使者

我沐浴着你倾泻给我的春光

内心泛起的喜悦

水一般散发着涟漪

虽然我不能时刻瞩目你

可你的小手

总在撩动我的情思

夜深人静的时候

我想象着你枕着月光

安然入眠的样子

我感觉我的心

和你小小的心

在一起轻轻跳动

苦涩的日子

我能嗅到你散发的淡淡清香

长大了

我不知道

你是一朵花

还是一棵麦穗

抑或是一个金苹果

哦，是什么

已不重要

能伴着你一起成长

已是我此生最大的幸福

唯愿你在春风中

一天天长高

爱的种子

用心底的善良柔软
撒下一粒爱的种子
让爱生根，发芽
在原野上绽放美丽的花朵

爱的种子
无须肥沃的土壤
在贫瘠的土地
干旱的沙漠
乃至石头上
都会生长，开花

冬天撒下爱的种子
严冬会变为盛夏
黑夜撒下爱的种子
夜晚会升起光明的太阳

撒下爱的种子
爱的花朵就簇拥着你

天空中盛开爱的花朵

大地上长满爱的花朵

爱的花朵

千娇百媚，姹紫嫣红

芳香馥郁，沁人心脾

爱的花朵

处处绽放，开满人间

感恩一片雪花的柔情

感恩一片雪花的柔情

捎来了天外高远深邃的问候

感恩秋天的丰收

饱满的果实

滋养了生命的绚丽

感恩盛夏的绿荫

给干渴的心一片清凉

感恩春天的花朵

让大地涌动无限生机和希望

感恩一缕阳光的温暖

感恩一滴雨的滋润

感恩一片绿叶的问候

感恩一朵白云的深情

感恩一声鸟鸣带来的愉悦

感恩给了生命和爱的人

感恩给了知识和智慧的人

感恩携手相伴的人

感恩关心帮助的人

生命中

感恩有你

对　望

我一直望你
你也在望我
你在向我微笑
尽管距离是那样遥远
我依然能感觉到你的温度

睡梦中
你在望我
多像小时候
母亲注目我的样子
你散发着诱人的光
我能感受到你的气息

在无垠的世界
我微小得如一粒尘埃
不知道你能不能看到
我心底的光

相 会

未曾提前预约

也未曾告诉地点

但一切

又好像被谁精心安排了

相会的时候

太过寻常

寒风

让时空显得僵硬

记忆已变得遥远

后来的语言

变成了迟钝的锯子

彼此割裂

伤痕累累

在轻风吹拂的夏天

在温柔的河边

彼此

留下了一个背影

这个冬天有点无序

许多美好的计划

终了都变成了另一个结局

许多事

多年以后才明白

许多人

注定是匆匆过客

牵 手

牵手走向岁月深处

你有山的伟岸，我有水的柔情

前行的路曾经布满荆棘

奋斗的日子曾经满是酸苦

我满眼期待，注视着你

回首流水般的岁月

每一天，都荡漾着爱的涟漪

半个月亮

你来的时候

仲夏夜蝉正在聒噪

萤火虫照亮星光的路

你在黄河岸边听秋的呢喃

那个斗拱的半月桥上

我在灯火阑珊处等你

瞩目，分叉的河流在远处交汇

若干年后

这座桥依然灯火璀璨

风把岁月剥离

我在等你的彼岸点亮荧光

你在河那边

我在河这边

各自怀揣半个月亮

期待倾世的满月

三月的你

三月的你

像阳光一样明媚

像春风一样温柔

像花朵一样娇艳

巧笑倩兮美目盼兮

翩若惊鸿婉若游龙

你款款而来

可带来了倾世的美

三月的你

是堤岸边的鹅黄柳绿

是淙淙溪流的浅吟低唱

是原野上的茵茵芳草

你是春天的使者

你是青春的绚丽

你款款而来

可带来了倾世的温柔

三月的你

用纤纤素手着墨

便有了杏花春雨、桃花胭脂

在这轻柔的季节

我已放弃了抵抗

三月

我要将你的气息

储存在月光之盒

把你的芳香

折叠进阳光的瀑布

走近三月

你是最美的风景

梦　魇

梦里

走进那片芳草地

草木葳蕤，鲜花盛开

小鸟啁啾

你在向我招手

我向你奔跑

我离你越来越近

突然

脚下失足

我坠入深渊

怎么也动弹不得

是谁捆绑了我

心口像被压了一块石头

呼吸困难

我极力想睁开眼睛

却怎么也睁不开

我在痛苦中挣扎

醒来

犹觉惊悸

回想梦境

刹那间

爱神来过

死神也来过

想你的泪都流进黄河了

白天你说割麦呢

夜晚你说扬场呢

谁家都有日月

你咋就那么忙，今夜

泪水锈蚀了月光的银剑

春天你播种呢

夏天你新疆打工呢

伊犁河谷的花正艳

放蜂的女人

蝴蝶般绕着你

我在高高的地方看着呢

河里的鱼儿，游水

天上的鸟儿，乘风

我心里咋就空落落的

没个依靠

孤独的云

无言的天

寂静的地

看不见个人

招不上个手

说不上句话

想你的泪

都流进黄河了

爱的海

春天的海

泛着爱的浪花

海滩边

一对对情侣

让大海见证爱的誓言

爱是蓝色的

清澈透明

晶莹剔透

海边的浪漫

是沙滩上的脚印

如爱的符号

一次次被海水阅读

海风习习

鸟儿翱翔

一朵浪花举起青春的激情

爱的船扬帆远航

细碎的涟漪泛着银光

浓浓的情波涛般澎湃

相遇有缘

今生

别弄丢一个爱你的人

爱的世界

头顶的星空

洒下爱的光芒

一钩弯月

卸下了更多的明亮

承载爱的祝福

瓦蓝的天幕

给心灵带来多少宁静

太阳的笑脸

催生了更多花朵般的笑脸

大地

躬身驮起了芸芸众生

和高高的楼宇

行走在旷野

风的歌谣

把孤独赶向孤独

天与地搭建的房屋

这般宽敞明亮

抬眼，白云悠悠

俯首，花团锦簇

心中的爱

潮水般奔涌

看一眼眼前的美好

瞬间泪流满面

我与你

还要与太阳一起行走

风给予的

风　掩埋了多少春花秋月

曾经的相遇

都留在记忆中

而今

我总想在风中找到你

晨与夜都在煎熬

一明一暗

心　被风一次次打磨

山山水水都是风梳理过的

风里来风里去

你的影子

若隐若现

有时风从耳边掠过

是不是你在倾听我的内心

风给予的

全是思念

哭泣的小路

开满鲜花的小路

承载着多少忧伤

飞舞的蝴蝶

一次次让花容失色

浅吟低唱的蜜蜂

打扰了寂寞与孤独的对话

半瓢时光

饮尽了凄风苦雨

月光纷纷坠落

星星哭泣

花瓣凋零

温情不在

小路

一段发黑的肠

蜻蜓点水

绕不开你的脚步

午夜的钟声

再次敲打失血的心

花开了，你总会来的

你曾在那棵桃树下等待

桃花盛开

那满枝彤红的羞涩

一如你涩涩的青春

鸟儿在枝头和春天对话

蜜蜂在采撷春光

蝴蝶在飞舞春色

那朵朵桃花

曾为你妩媚

朵朵杏花

也曾为你芬芳

到田野上来

到小溪边来

到那片洒满阳光的芳草地来

三月三

芳草青青

杨柳依依

小河的水

流淌着清清亮亮的日子

花开了

你总要来的

为了那份承诺

为了三月最美的遇见

草叶举着哭泣的露珠

如果在晨曦灿烂的林中遇不见你

我会在小路的尽头等你

期待你突然出现

期待平淡的日子

有故事如山峰般跌宕起伏

期待你像鹰一样掠过天空

那时

风是轻的

天空是玫瑰色的

有时风散落了年少

一些哀怨，像雾一样扩散

一些惆怅，变成了残阳中流淌的血

那时

草叶举着哭泣的露珠

是谁

导演了那么多的错过

长风掠过天空

谁是幕后推手

背靠阳光

光是有硬度的

背靠阳光

心中不会有无依无靠的失落

直来直去的光

从不会拐弯

被阳光折射留下的

都是虚幻

坠落河畔的花朵

忘不了春日的暖阳

背靠霞光

想着你向我跑来的样子

我自信

我一定是你见过的最美的倩影

那时

我们像霞一样燃烧

背靠阳光

我感受到了你的温暖

你的伟岸

你的宽厚

背靠阳光

眼前一片纯净

光明

像花一般绽放

缝 补

寒风

在水面上缝补冰床

太阳

正在为月亮缝补那一片残缺

鸟儿

在枝头缝补落叶的伤口

歌声

缝补一段虚无的时空

花香四溅

爱情

缝补了情感的荒原

回眸

母亲的针线

缝补着漏风的岁月

奔走，一如星空的飞翔

我曾经

听到过沙漠干渴的呻吟

漠风流沙

窒息了它的呼吸

沙海中的那一泓清泉

滋润了星星明亮的眸子

夸父般追日的我

没有倒毙在干渴的路上

我曾在荆棘中

感受到了刀枪剑戟割裂肉体的痛苦

鲜血

磨刀石般磨亮了针刺的锋芒

也磨亮了我心底的刀锋

我曾在暗夜中进退失据

被恐怖和绝望淹没

黎明的曙光

令人颤动

我曾在寒冷中瑟瑟发抖

我不知道

还能等到花朵盛开的春天吗

天空的忧伤化作了细雨

汇聚成江河的奔涌

大海的辽阔

沧桑的大地

催生了花朵、草木

我还将在风雨暗夜中砥砺前行

或者

拥抱花朵，阳光

奔走

一如星空的飞翔

曾　经

太阳曾经流过血

路曾经布满荆棘

泪水曾经浸泡着酸涩

心曾经在谷底哀鸣

不是所有的往事

都如云烟消散

血孕育出了生命

荆棘开满了鲜花

泪水浇灌出了坚强

苦难成就了伟大

当你走向辉煌之巅

回眸所有的曾经

都是血和泪的交织

回家的路

夜的翅膀扑落下来的时候

街道，宛如一条流动的河

人像鱼一样穿行

来来往往的公交车

鲨鱼般张开巨口

吞噬着急匆匆的人们

路灯睁大眼睛

像母亲般目送回家的儿女

你们

忠实的劳动者

或付出思想智慧

或付出体力汗水

你们的辛劳

增加了城市的高度和亮度

紧张忙碌地奉献了一天

此刻

脚步匆匆而又匆匆

归鸟般回家

那里

是你温馨的港湾

你无视来来往往

形形色色的车辆、行人

你厌烦一家一家店铺

飘出来的或激越或舒缓的歌声

你甚至辜负了那个

卖烤红薯的大娘期待的眼神

在冬日的风中

你快乐地行进着

你心中飘荡着一丝甜蜜

在这寒冷的日子里

高贵者与平凡者

富有者与贫穷者

回家

都能感受到家的温暖

都能看到亲人花朵般的笑脸

明天

你和你们

还将奔波在这个城市的角角落落

回家的路

很近又很远

独处的时光

让一杯茶清香岁月

让一本书沉淀时光

独处

是悠闲

还是承担着某种使命

街道上没有车辆、行人

过往的相聚，欢乐

只剩回忆

太阳、月亮是自由的

它们停靠在车站、机场

安抚那些漂泊的灵魂

独处的时光

可以检阅精神的旅途

也可以描摹美好的未来

还可以把牵挂和顾虑拜托于风

让它们看看同样独处的你

是否安好

一个人的旷野

一个人的旷野

不是你的选择

好多时候

那是一种无奈

比如赶路

比如困在某地

比如，在追求爱和真理的途中

一个人的旷野

天空高远

大地辽阔

倾听

寂寞在唱歌

孤独在对话

一个人被世界遗弃

天上飞来了一只鹰

鹰

抖落了一片苍茫后消失

地上爬来了一只蜥蜴

蜥蜴

带来了几丝焦虑后逃遁

时间，在寂寞中游荡

那些虚无的思想

是不是诞生于坦荡的旷野

残阳如血

一个人的旷野

悲壮得如同英雄的远征

我将带着我的影子

再出发

任天高地远

昨 天

又有许多事情发生在昨天

久别的重逢

从内心流露出的笑容

还有亲切的话语

当然，还有疾病、灾难

乃至战争

昨天的秋雨

又在洗涤我的灵魂

过去的一天

是否很有意义

我所做的一切

被乌云遮盖的太阳能否看到

黑夜又降临了

一杯茶，能否使我喝得安然

所谓过往

皆为序幕

昨天是今天的开始

因为从昨天走过

我会摆脱那些未知的羁绊

今天的太阳

照亮了昨天走过的路

弧 光

弧光闪耀

我在暗夜中

注目那一束紫光

那震撼人心的场景

是天堂还是地狱

那令人惊悚的光

是天空为了美丽

一场铤而走险的出走吗

暗夜的光

流水般浇灌爱的荒原

花在暗夜静静地绽放

叶在抽芽

被星光催生的植物

在天亮时焕发容颜

弧光透进河床

水波辉映虚拟的时光

黄河鲤鱼

欲在弧光中跃出龙门

我身体里聚集的一些能量
会在某一个暗夜爆发
弧光般辉映夜的天空

晨　光

晨光

是对鸡鸣的响应

晨光

一定是鸡冠的颜色

晨光

像公鸡一样散漫地踱步

晨光

浓烈如酒

一天中的美在早晨爆发

红彤彤的太阳

出浴的美人

光彩照人，芳香四溢

握住了此时

就握住了今天

晨光中奔跑的人

内心正在淬火

站在时间的顶峰

谁能与未来对话

青春放歌

那是黑暗中的一抹亮色

那是沉睡中的一声呐喊

那是觉醒后的一次顿悟

那是正义的伸张

那是力量的勃发

那是青春的绚丽迸发

青春是南湖游船的一次启航

是南昌起义的血性飞扬

是井冈山的会师集结

是长征路上的砥砺前行

是为民族独立自由的拼搏冲锋

是一个新时代的壮丽诞生

青春是校园里奔跑的火焰

是希望的田野上辛勤的耕耘

是工厂车间的汗水与奉献

是通往科学高峰的奋力攀登

青春是九天揽月的壮举

是蛟龙入海的豪迈

是战舰的一次次远航

是边防一个个绿色的背影

是一个民族屹立于世界的不竭动力

青春如歌

青春似火

青春无悔

飞翔吧，青春

在征服星辰大海的长路上

飞得更高、更远

把自由的精神

传遍神州

荒野上总站立着顽强

被大片抛弃的荒凉

令太阳焦灼

月光寒凉

饱经沧桑的土地

孤单得听不到一声鸟鸣

荒原上总站立着顽强

一棵沙枣树

站立成荒原上最美的风景

金黄的沙枣花

悄悄散发清香

一棵骆驼草

在沙丘上眺望远方

期盼一滴雨的慰藉

一簇红柳

摇动腰身

摇动钢丝般的坚韧

荒原上还有顽强的生命

蜥蜴、沙鼠、蚂蚁

它们对生存环境的选择

就像我无法选择出生之地

荒原上的生命

被自然赋予了另外的性格

它们

还将忍受荒凉

期待一场夜雨

深深的夜

被寂寞包裹

你期待一场雨

发出滴滴答答的响声

打破夜的沉默

你总是在夜间醒来

那是几十年前养成的习惯

那时候

你总是在夜间行军

夜间潜伏

夜间激战

枪林弹雨，瓢泼大雨

让黑夜变得异常喧闹

杀声阵阵，火光冲天

在弹雨中

你显得非常亢奋

东奔西跑

你的身体里

也曾收藏了弹头、弹片

但一次次从生死线上醒来

一次次，你又在夜间行军、冲锋

你现在越来越老了

好多次

你在暗夜中醒来

那些弹片隐隐作痛

睡不着觉

你从卧室踱步到阳台

俯视马路

路上空无人影

甚至连清洁工都没上班

四周一片沉寂

像大战发起前可怕的沉寂

你走出家门

听到了邻居响亮的鼾声

这样的安静与平和

是你们那时候所期待的

可现在

你睡不着了

你在空无一人的马路上行走

你在期待一场雨

一场瓢泼大雨

你在期待一场雨

一场猛烈的枪林弹雨

你预感自己快要死了

你的战友

许多都成了烈士

一个个比你先走了

那些弹头、弹片

在你的骨骼中叮当作响

你期待在弹雨中的最后一次冲锋

被最后一颗子弹击中

作为军人

那将是最后的荣耀

风中的你

风有点羞涩、迟缓

尚未到达

没有风的日子

一切都平静得像虚拟

秋色，恬静得像画

静止得像一幅照片

没有风的日子

你静坐观景

万物比你沉默

风从原野上来

风从坡上刮过

风从树梢掠过

风起云涌

顷刻狂风暴雨

你沐风栉雨一路艰辛

一路前行

身后

雨水正穿着你留下的鞋

追赶你

风雨，风险，风波
看不见的是风
躲不过的是风
是谁在风中独行
风雨兼程
风餐露宿
你说强者从不惧风雨

你是风中的旗帜
你是风中的火炬
你是风中的路标
你是风中的雕塑
大风中
高昂起头颅
风雨无阻

攀登者

攀登者

都要借助石梯、云梯、人梯

一步一步

将自己置于云端

攀登者

要与咝咝作响的空气为伴

孤独时

与另一个自己对话

攀登者

远离物欲、名利

攀登者

在石阶上爬行

气喘吁吁　汗湿后背

他要把阳光

驮往高处

攀登者

提灯照亮了身后的阶梯

后来者借光前行

攀登者

后来变成了梯子

境　界

境界是一种高度

是站在高处的一次远眺

是血液的一次燃烧

是沉默中的一次爆发

是凤凰在火中涅槃

是黑夜中能看到的那缕微光

境界是苦难中的砥砺前行

是惊涛骇浪中的砥柱中流

是处变不惊的冷静从容

是物欲横流中的淡泊与坚守

是苦苦追寻中的心灵顿悟

境界是骨气

境界是崇高

境界是无欲

境界是无我

境界是星辰的灿烂

阳光下的书

醒来

阳光照在窗台的一本书上

书上的字都闪耀着金光

书上的日字

与头顶的日头

哪个更像太阳

我听到了书与太阳的对话

在没有文字之前

宇宙是混沌的

阳光下的书

被风一卷卷掀开

尚书、论语、资治通鉴

本草纲目、四库全书

那些书

像太阳般照亮了华夏的长夜

水中的老街

夜的河

倒映着老街

水光的流动

恍如老街驶向了从前

岁月

打磨掉了老街的许多棱角

老屋

与水中银锭般的月亮

诉说着什么

老街

曾经走过了一支队伍

老街

流光溢彩

星月

注视着老街的前世今生

老街

后来珍藏了一些红色的记忆

水中的老街

弥漫着血与火一样的色彩

老街

终归要走向未来

只是多了些英雄的气血

风过处

水中的老街

幻化出了许多浮雕

光　环

你还在行走

你头顶的光环

如同午夜的灯盏

思想的疼痛

是暗夜中的行进和孤独

芦花摇荡着日光

一些荒草

摇荡着月亮的涟漪

头顶光环的人

掏出了内心的洁净

数万朵莲花

在心中绽放

午夜行进的人

星月正在为其加冕

奔跑的你

你有时会进入我梦里

湖水微澜

青山倒映

野花绽放

你明亮的眸子

瞬间会将我淹没

宽广的原野

你渐行渐远

你在远方

我心亦在远方

你从一座城市到另一座城市

奔跑的你

会不会被一片跌落的云影绊倒

生命如花

你要提防隐藏在暗处的凶险

走过四季

在风雨中同行

峥嵘岁月

温柔以待

在时间的空格里

还将填写新词

痛苦和快乐

伟大与渺小

都将入诗

壮丽的画卷，浸透着星辰的泪痕

时光的疼痛

在寒冷的冬天

风

掀开了树的伤口

月光

抽干了草的汁液

冰

遮住了河流微笑的脸

我能听到大地的哭泣

新年的来临

犹如婴儿的啼哭

所有的新生

都伴随着痛苦的分娩

每一个新年

都从萧瑟的冬天开始

雪花

孕育着春花

风

正按照太阳的旨意

举着画笔奔跑

伟大的生命

都出自磨难

壮丽的画卷

浸透着星辰的泪痕

时光的列车

又驶向了新的里程

最美的风景

就在前方

穿越，不惧严冬寒流

路　径

我常常站在岔路口犹豫

向左走还是向右走

如果向左走了

觉得右边的那条路

是不是比左边的更好走

路上的风景也更美

而且那可能还是条捷径

比左边的这条路

能更早地到达目的地

同样，如果向右走了

又觉得左边的那条更好

曾经有一次

选择了向左走的路

结果路窄坑多、崎岖难行

心中的懊悔无以言说

有时，选择比走路更难

通往目的地的路有多条

小路、大路

乃至羊肠小道

亦可独辟蹊径

欲要到达终点

就不能过于贪恋沿途的风光

也不能进入迷径

丢失了自己

还能走多远

我不知道今后还能走多远

我不知道路上还会遇到什么

那些山高入云端

连飞鸟都哀叹翅膀的无力

在这个世界

我渺小得像一粒沙砾

冷风把荒凉吹向更远的荒凉

在这荒芜的世界

谁在呼唤我

从孤独走向更深的孤独

在时光的隧道中

我渐渐失去了青春的鲜亮

距离心中的目标却越来越远

我怀疑命运绑架了肉体

灵魂在体外散步

一只寒鸟飞过的天空没有印痕

树，不再依恋风的翅膀

它体内的秘密

没人能懂

山中的那股清流

冲破了大山的羁绊

从荒原到大海的距离

是血泪的涌动

繁　星

那些星星

密密麻麻

在夜幕上闪耀

点亮了我的思绪

如果夜晚站在皋兰山顶

如果我身体倒悬

星空，是否变为了大地

那些星星

是不是都落在了城里

头顶的星星和脚下的星星

都在数我体内的星星

那些密密麻麻的星星呀

都在和仰望星空的人对话

神秘的天空

究竟隐藏了多少秘密

一颗硕大的星划过天际

陨石落在了地上

地上的一颗巨星也陨落了

在天幕上闪耀

那些巨星

都是燃烧自己

发出巨大的光芒

还有一些星星

用微光

点亮信念

前　行

在大野口孤独的夜

星星

曾经同我一起哭泣

风

给我擦过眼泪

瀑布般倾泻的月光

托不起沉沉的心

滚滚而过的松涛

如惊雷炸裂天空

暗夜中滋生的恐怖

一阵一阵扩散

太阳坠落

月出东山

那些跑出大山的星星

正在俯视广袤的大地

和辽阔的海洋

一条小路

蜿蜒着伸向了远方

泪已哭干

我已无所畏惧

踏着厚厚的雪

一路前行

我知道

我不能停下疲惫的脚步

我要以花的美丽和芬芳

与春天同行

锐 变

云变成雨的时候

我知道

我再也看不到那朵云了

夜晚的星光在探索回家的路

在没有星星的夜晚

月光在离家很远的地方独自徘徊

雪崩的时候

好多无辜的雪花

被埋进了沟壑

我怕我像一朵蒲公英的种子

被风吹到遥远的洼地

再也看不到你的身影

如果死亡不可避免

我想化作蝴蝶

在你身边飞翔

一些锐变的事物

无法还原到从前

就像一块玉的破碎

夜的眼

被星星放牧的夜

是黑色的吗

江河之水

正把黏稠的夜色

拖入大海

石头

星星的磨刀石

正为每一颗星星试锋

一些高处的山峰

试图刺破黑夜的帷幕

穿越黑夜的人

能看到暗夜中的微光

他们

唤醒沉睡者

用崭新的语言

描摹明天和未来

最终

他们都化作了明亮的星辰

成为暗夜中的眼睛

风，把你送到我身边

你是一片花瓣

轻轻落在了我的脸颊

风

送来了你的清香

又带来了你的柔情

这是你最后的华丽

你轻轻跌落

犹如我心的跌落

你是沥沥细雨

一丝一丝

织成了一道帘幕

斜风吹拂

帘幕轻摇

你吻着我

我吻着你

在三伏天

你的凉意

让我感受到了天空的博大和深奥

这是爱的洗礼

还是心灵的洗礼

一阵风

扬起了一阵沙尘

哪一粒沙子

会迷失我的双眼

哪一粒沙子

是一粒真金

在尘埃中

我能不能找到美

还有青春的脚步

胡麻黄了

胡麻黄了

成熟的胡麻

有着深邃的思想

每一株胡麻

都顶着数颗脑袋

在风中摇头晃脑

如同学者

亦如哲人

胡麻地

一片思想的高地

胡麻花开的时候

哲理便在花蕊中孕育

蓝色的花朵

不仅仅展现着美丽

也闪耀着思想的火花

当那些胡麻油变成灯油

或者以炒、炸、煎的方式

渗入我的肌体

我可否变得更有思想

或者更加崇高

五谷杂粮

不仅仅喂养了躯体

也在喂养灵魂

我的世界里

有它的光芒

释　然

一匹奔跑的骏马

释然了空旷的草原

一只燕子

释然了天空的辽阔

在春天的原野

桃花释然了云彩

流水释然了柔情

草木都绿了

花朵都开了

一些人、一些事

已成为过往

放下一切

让微笑

释然天空的那片愁云

痕　迹

高飞的鸟
给天空留下了痕迹
阳光的影子
给大地留下了痕迹
历史留下的痕迹
被手铲挖掘

在岁月的长河中
谁都会留下痕迹
有的浅
有的深

家在那片水草地

那里的草

每天都摇曳湿漉漉的情怀

我曾用一支箭

射下了纷纷坠落的月光

那只离群的雁

所幸没有成为我的猎物

我的目光

被箭矢拖到了远方

把无处安放的思绪

遣入看不见的苍茫

那里的水

碧波荡漾，水接天光

那里的芦苇

编织青春的梦

那里的鸟

把云端拖入天空

那里

是我最初的江湖

爱和恨

都已生根发芽

那里

天空和星辰

正在捡拾我遗忘的花朵

归来

一如最初的远行

炊　烟

炊烟、狗吠、鸡鸣、牛叫

乡村最鲜活的元素

一缕缕炊烟

升腾着祥瑞之气

向天空炫耀

乡村的悠闲和岁月的静好

袅袅升腾的炊烟

拂动久远的往事

看到炊烟从屋顶升起

回到家

扑面而来的

就是母亲的笑脸和香喷喷的饭菜

缕缕炊烟

点燃心头的希望

熊熊燃烧的灶膛

烧过柴火、牛粪、煤炭

燃烧的火焰

映红了母亲的脸庞

烟雾和蒸汽

包裹着她瘦小的身影

那缕缕炊烟

是生命的繁衍与图腾

风

把炊烟

打造成了一条银色的项链

挂在乡村的胸口

人间最美烟火气

小　院

这一小片天地只属于你

属于你的

还有穿透你躯体的阳光

眼前盛开的鲜花

花朵散发出的馥郁的清香

小鸟清脆的叫声

你巡视花朵、树木、绿草

温情的目光

曾经收获了多少内心的惬意

小院

盛满了最初的记忆

东墙角的那棵沙枣树

穿透时空

依然活在老旧的岁月

一只燕子

又衔来崭新的时光

过去与现在

在小院里相互交织

小院

生命的摇篮

它送走了一个个老人

迎来了一个个新的生命

随着一座座楼房的崛起

小院

很快会被挖掘机

狮子般的大口吞噬

往后

它只能在记忆中伫立

风霜雕刻的记忆

一些记忆

像风霜般雕刻在岁月深处

一些事儿

总在心头萦绕

昨天已经远去

往事

像夕阳拉长了的影子

老屋、东仓弯弯、大野口

这些名词

像胎记般被岁月刻在身上

那是不是一个人成长的坐标

老屋的日光月光已经发霉

东仓弯弯儿时的玩伴像风一样远去

大野口的格桑花年年盛开

如今不知为谁烂漫

为谁娇妍

睡梦中
总是回到那些地方
醒来时
冷月孤悬
泪湿枕巾

风说
忘记那些伤感
时间会抚平一切创伤
往前走
总会看到黑夜尽头的光芒
可我
总在回忆的伤感中寻找慰藉

或许
在荒草萋萋的老屋中
我能捡到父母遗落的珍珠
在东仓弯弯
再次放飞梦想
在大野口
采撷一朵最美的花

今夜，我想把月亮咬一口

正月十五

天空中升起了一轮明月

崭新的月亮

照耀崭新的日子

十五的月亮

像是母亲烙的饼

我怕咬一口

月亮就缺个边

小时候过新年

期盼穿新衣服

吃好吃的

现在衣食无忧

天天像过年

却再也吃不到母亲烙的饼

今夜

我只想把月亮咬一口

体味母亲烙的饼里的麦香

远离城市的地方

城市是钢筋水泥的石林

寂静被喧嚣淹没

太阳被雾霾覆盖

视线被楼群遮挡

城市之外的山那边

一片宁静

荒芜的野草

托举着闪亮的太阳

那里的天很蓝

真像蓝妮儿穿的那件蓝衣服

那里的水很清

姑娘们看着水中的倒影

留下一个深情的微笑

那里的歌声很清脆

能把心唱碎

在远离城市的地方

寻觅心灵栖息的家园

坐在面阳的山坡

看小村的炊烟袅袅

听鸡叫的宁静

听狗吠的平和

一声老牛的哞叫

悠远了乡村的日子

在远离城市的地方

有清洁的阳光、空气

还有未曾被污染的雪花

田　野

田野上

父亲在浇水

水渗透了干裂的土地

父亲像自己渴了

喝了许多水一样畅快

母亲在施肥

仿佛把白面撒到了麦地

田野上

鸟儿在缝合天地

蜜蜂

在花蕊中采摘岁月的香甜

蝴蝶

把时光飞翔成花朵

麦苗抽穗稻花飘香的田野

玉米拔节葵花结籽的田野

草木葳蕤蝉鸣蛙叫的田野

春天吐绿夏天蓬勃秋天收获的田野

承载着父亲的希望母亲的梦的田野

田野

父母割舍不下的田野

父亲站在田野

又在和母亲憧憬着城里的生活

高楼大厦的城市

是父母想去逛逛的地方

父母不知道的是

他们种植的粮食、蔬菜

都被城市的胃消化了

炕 桌

母亲的嫁妆

桌面上鲜艳的花朵

宛如母亲靓丽的青春

母亲在炕桌上袼褙子

母亲在炕桌上剪窗花

母亲在炕桌上包书皮

炕桌上的油灯

燃烧着母亲的青春

母亲

像燃烧的灯

把儿女的天空点亮

炕桌上

总放着一个小箩筐

箩筐里

放着针线、顶针、剪刀、碎花布

母亲的针线

把黑夜穿透

母亲的剪刀

把日子剪新

一块块碎花布

是母亲五彩斑斓的梦

是我童年的花衣裳

炕桌

承载着母亲的悠悠岁月

脱落的油漆

如母亲脸上长出的斑点

被岁月熏黄的花朵

宛如母亲远去的青春

炕桌和母亲

都从鲜亮变得苍老

那坑坑洼洼的桌面

可是母亲经历的酸苦

最美的风景

你的眉毛

是柳叶、秀峰、燕子

你的眸子

是太阳、月亮、星星

你的笑脸

是桃花、牡丹、芍药

你的嘴唇

是樱桃、花瓣、麦粒

你的身姿

是风中的杨柳

婀娜翩跹，俏丽多姿

你的端庄

如空谷幽兰

你的温柔

如和煦的春风

你的善良

是夏日的一泓清泉

你的贤淑

是众人口中的金莲

你是女人

亦是母亲、妻子

你用顽强的毅力

打开生命之门

你用坚毅的品格

抚养生命

你用勤劳的双手

书写着真善美的篇章

你是伟大的母亲

你是贤惠的妻子

你是孝顺的儿媳

你是天空的云彩

你是大地的娇媚

没有你

世界将没有绝美的风景

溪 水

清晨，母亲到溪边担水

清澈的溪水

是母亲梳洗的镜子

水中的母亲

凝神看着岸上的母亲

母亲舀水时

水里被瓢撞碎的母亲

变成了无数个母亲

一个个向岸边游去

我担心不会水的母亲

再也爬不上岸

傍晚，母亲在溪边洗衣

把手中的霞揉来搓去

我担心她把晚霞揉碎了

再把夜的黑揉进衣服

曾经映照过母亲的溪水

最终流向了大海

我不知道　遥远的大海中

还能不能找到母亲的影子

老树　老父

一棵老梨树浓荫匝地

父亲坐在树荫下

吧嗒吧嗒吸着旱烟

这棵梨树是父亲十三岁时栽的

如今，是生长了六十多年的老树

父亲的腰

多像那树干

为儿女们撑起了一片天

父亲的青春

曾像梨花般绽放

如今，他的头发

梨花般白了

父亲饱经风霜的脸

沟壑纵横

多像那梨树皮

父亲努力劳作

为儿女们奉献甘甜的果实

如今

他挤干了体内最后的水分

在一个冬天的黄昏走了

风吹得老梨树

发出呜呜的声音

我背靠着老梨树

想起了夏天在梨树下乘凉

秋天在梨树下吃梨的时光

老父走了

老树老了

亲 吻

簇拥着蓝天的彩带

是丝绸的幻化

是谁搭起一座彩桥

让大地和天空连接

风摇动夏日的枝叶

阳光挥洒多余的激情

天空和大地

透过彩虹门凝望

起伏的山峦

手握袅袅的白云

大地上的花朵

竖起耳朵

倾听天地的回音

青麦摇曳

天空

俯下身子

和大地亲吻

多像父亲

弯下腰

在母亲的耳边

窃窃私语

仰望祁连

云雾缭绕

松柏常青

走进祁连

走进一片心灵的高地

仰望你

如同仰望父亲

仰望你的崇高与伟大

采一簇发黄的马莲草

我走近你

一条溪流从山涧唱来

云朵洒下思乡的雨

洗涤我身、我心

一滴泪洒落故土

一杯酒喝下深沉的乡愁

祁连山

走近你

如同在母亲的怀抱

父亲的臂弯

湿　地

真想在你的臂弯里熟睡

真想摘下那朵云彩擦擦脸

蓝透的天

像我透明的心

多少次在远方

向你倾诉我的思念

清清的湖水中

一只只黄色的大麻鸭

在水里轻歌曼舞

天鹅在水中悠闲觅食

湖中的芦花

摇动我久远的情思

一切

就像从前

静静绽放的荷花、睡莲

在风中倾听幽远

望不到边的芦苇荡

起起伏伏

夕阳下

我在小路上欢乐地奔跑着

今天的我

还是曾经的那个小女孩吗

是谁把青丝染成银丝

风中的诗行

寄托着我遥远的梦境

和小伙伴们用一根竹竿

拨开芦苇寻找鸭蛋的喜悦

洒落在细碎的水面

快乐的童年

是遗落在湿地上的梦幻

故乡的歌谣

故乡的歌谣

飘荡在故乡的小溪

在水中泛着细碎的银光

故乡的歌谣

声声泣血

悲伤地诉说着生活的艰辛

凄凉地哀叹着人生的无奈

故乡的歌谣

振聋发聩

高亢地传递着不屈的信念

激越地抒发着与命运顽强的抗争

故乡的歌谣

铿锵中有父亲的豪迈

婉转处有母亲的温柔

故乡的歌谣

深情地传递着黄土地上的爱

真挚地诉说着黄土地上的情

故乡的歌谣

如泣如诉

荡气回肠

无论在天涯

在海角

故乡的歌谣

总在耳边萦绕

水磨坊

故乡的水磨坊

旋转儿时的梦

水磨旋转着太阳

也旋转着月亮

悠长的日子

一圈圈旋转

水磨，把粗糙的日子磨平

沉重的水磨

磨过菜籽也磨过胡麻

扑鼻的香味

浸透了凄苦的岁月

悠悠河水

流淌欢乐也流淌苦涩

千年水磨

把乡村的日子磨亮

守磨坊的老头

老得像那盘石磨

衣服油渍渍的

脸上油光光的

年三十前

他总会给母亲留点磨碎的胡麻

母亲给他留上五个点心

带着胡麻回家

卷上胡麻、香豆蒸出来的馍

小伙伴们都从我手里抢着吃

水磨坊，飘香了儿时的岁月

绿树掩映中的水磨坊

榨出了一缸缸清亮亮的油

困难的日子里

抹油的油搭子

把岁月点亮

水磨坊旁的油菜地

一片金黄蜂飞蝶舞

再贫瘠的土地

也有最美的风景

水磨坊越离越远

吱吱呀呀的声音听不见了

小河的水流淌着悠悠岁月

儿时记忆中的水磨坊

流淌着我几十年的情思

古老的水磨坊呀

如今旋转在记忆的天空

花朵在彩云之上

夕阳浸染杨柳

芦水湾摇晃一池碎金

蝴蝶、蜻蜓又在擦拭花朵

麻鸭抖落了五彩的梦

莲花传递蛤蟆的叫声

像爱情虚掩的门被打开

湖光的眸子明丽了天空之眼

是谁把芦苇排列成兵阵

夏夜的水，漫过了天际

那些莲花

像父亲点燃的灯盏

我担心一阵风

会把这些灯吹灭

那些倒悬的日子

花朵在彩云之上

今夜的月光

可否带来远处的琴声

远　山

站在乡间的草地
看远古的山
那山横卧了不知多少年
沉寂如耄耋老者

一群羊走在山坡
一片云落在山坡
天上的云和山上的羊
都钟爱山的宽厚

山
喂养了多少牛羊
托举起生生不息的希望

异乡的雨

异乡的雨

是思乡的泪

那滴滴答答的雨声

是故乡的一声声呼唤

异乡的雨丝

正编织着细密的乡愁

异乡的雨

鞭子般抽打着漂泊的灵魂

一声叹息

如泣如诉

一粒尘埃

被风推送了一程又一程

一颗种子

被鸟儿衔落到了远方

一只雁儿

从北方飞到了南方

雨水

为它们洗去了故乡的标签

在异乡久了
异乡就变成了故乡
我想在异乡一棵古木的根上
刻下你的名字

初 冬

在这初冬的日子里

我会深藏一些更冷的凉意

应对往后更加寒凉的深冬

行进在千里冰封的大地

那鞭子似的寒风

不致使我低下高贵的头

缩紧我自信的躯体

白昼

正被黑夜挤扁

风雪夜归人

抖落了几片雪花

抖落了初冬时光的碎片

冬日苍茫

你在何方

你可知我的忧伤

可知我的疼痛

还记得寒夜里映亮你额头的炉火吗

还记得冒着热气、熬得很酽的那壶茯茶吗

炉火茯茶

已足够温暖

时光邈远

如果你的爱还在

我已置身冬天里的春天

毕竟

寒风冰雪

挡不住阳光的脚步

半个月亮

半个月亮是个马蹄

踩碎了悠远的岁月

沉重与古朴

在马蹄声里回响

弓似的月从老屋烟囱爬上来

又从柳树杈上掉下去

掉下树杈的月亮

清冷地照着父母远行的路

心，被寒凉的秋风搓洗

登高望远
望不断层层山峦
看不透苍茫云烟
山那边
那些写满语言的落叶
又在和泥土对话
那片落寞的云
可知我的孤独

总有一个日子
被阳光打翻
心，要经历不能承受之重
思念和回忆
犹如蝴蝶的翅膀
在溪水边、花丛中颤动
登高望远
那些萋萋荒草
掩埋了多少颠沛流离的灵魂
心
又一次被寒凉的秋风搓洗

一席话

一席话

让我回味了很久很久

再没有人像父亲那样

用X射线那样的眼睛

穿透我的身体和心灵

一种爱

让心灵战栗

那时

父亲冷峻得像个哲人

父亲越来越老了

他时常修剪那些树木

还会嫁接苗木

有时还会和那些树木说话

他剪下的那些树枝

像他对我说的那些话堆在了地上

那些树

好像也听懂了他讲的话

秋天

那些树上的果子长得很好

没有发生病虫害

我再也听不到父亲的声音了

夏日的午后

天空滚过了惊雷

雷声一个接着一个

好像在和大地对话

我想起了父亲的那一席话

我的心中

有惊雷滚过

乡 愁

思念

总穿过时空

雁般落在故乡的林梢、屋檐

地平线充满张力的弧线

将我弹出故乡的视野

故乡

是白天的牵挂

夜晚的梦萦

一朵轻盈的云

握着苍天

我的目光

总穿不透苍茫的云烟

我和故乡

隔着云

隔着山

隔着水

我心中的惆怅是那朵白云

又落在了母亲的头上

四季的风

是谁在染指山河

春天催开花儿朵朵

夏天渲染蓬勃激情

秋天果实飘香赤橙黄绿

冬天透彻心寒

你每天爬在我耳边

都在诉说些什么

无孔不入的风

我和你究竟达成了何种协议

有时吹散了我心头的阴霾

有时又把我抛入谷底

风什么时候长眠

一朵云

携带风的翅膀游荡

把一腔柔情托举在南山之巅

无孔不入的风呀

请荡走我内心的秘密

我要做一个通体透明的人

即便风雨雷暴

穿行在古巷

我要让那些老屋

和老屋里的街坊亲人

再次阅读我的真诚

并带给他们一缕春风

西　望

西望

目光落入了一片苍茫

记忆中

父母总是披着精神的光芒

站在小院

等候回家的大姐、二姐

正月初二

女儿女婿回娘家的日子

姐姐姐夫来了

节日的气氛就更浓了

女儿和娘亲

在母亲面前

语言

像是从竹筒里倒出的豆子

我出嫁时

父母都已过世

初二回娘家

成了奢望

每每看到两口子

带着孩子有说有笑回家的情景

心中就莫名地失落

在这美好的节日里

我手足无措，坐卧不宁

我只有穿越时空

在记忆中

回味曾经的美好

屏幕上丰富的节目

堵不住心中的怅惘

西望

那里有回不去的家

通往春天的路

心灵先于身体到达

汽车、火车、飞机

满载着牵挂、思绪

臃肿的道路

忙碌的天空

雪花

按不住慌乱的心跳

城市的灯火

被归乡的游子拖入乡村

高楼漆黑的眼睛

注视着一个个远去的身影

南来北往

东奔西跑

只为赶赴一场亲情的盛宴

通往春天的路

春节是最豪华的站台

爆竹声声，烟花满天

觥筹交错，笑意盈盈

春意盎然

往前

杨柳依依

桃花灼灼

我还能看到你的光亮

如果生命是燃烧的太阳

每个人的天空

都有一轮属于自己的太阳

属于我的太阳

光芒四射，令人目眩

沐浴阳光

心，像太阳花般绽放

寒冷，冰雪

被春风拂远

当我的太阳

沉入西山

并被黄土敛尽光芒后

我的世界发生倾斜

寒风呼啸、大雪纷飞

我在深秋的叶子上捡拾相思

泪湿衣衫

今天，我折叠阳光的碎片

再裁剪西天的云彩

为你做几件寒衣

愿你的世界

光明如初

你走后多年

寒夜里

我依然能看到你的光亮

初夏的思念

那片云

挂着你深情的目光

那片田野

放逐着你多彩的梦想

你期盼风调雨顺

庄稼茂盛

子女的付出

都能得到回报

日子过得更加丰盈

溪边的树上

拴着那只挤奶的羊

羊儿在悠闲地吃草

每天早晨

你要给父亲煮一杯羊奶

父亲的肩头

扛着一家人的期待

全家人和和气气

有说有笑的日子

已经远去

父亲走了

你也走了

在失去父亲和你的日子里

天边的那片云

托不起我深沉的目光

思念

像溪畔的杂草一样疯长

冬闲时节

农人们上紧发条的身体

像时针般停摆

太阳都偷懒了

迟迟露脸

早早开溜

这样慵懒的日子

就该吃肉、喝酒、掀牛、打麻将

炕洞里的麦秸秆

依然在毕毕剥剥燃烧

熊熊燃烧的炉火

燃起了庄稼汉心中的豪情

炕桌上的手抓羊肉

缕缕香味诱惑了天空的嘴唇

烤土豆、油锅盔

清香四溢的羊肉汤

一帮汉子吃肉喝汤

这日月

神仙莫过如此

几只寒鸦落在树上

它们探讨美食的聒噪之声

盖过了猜拳行令之声

庄稼汉们

风雨中泥土里刨食

打工时低三下四遭人白眼

出大力流大汗累得要死

讨不到工钱万般无奈欲哭无泪

只有回到村子

才感觉自己活得像个人样

魁呀魁呀五魁寿

八呀八呀八匹马

猜拳声把天空抬高

说笑声把村庄淹没

被酒灌醉的汉子豪气冲天

被酒灌醉的太阳满脸彤红

被酒灌醉的月亮跌跌撞撞

那边

几个手气不错的掀牛人

哼着秦腔回家了

冬闲的日子

农人们天天都想

把太阳月亮灌醉

让这悠闲的日子

颠三倒四

河水与海水

小时候

母亲常带着我在河边洗衣

母亲说

水流千里归大海

这些水

都流进了大海

站在黄土高原

我曾无数次想象大海

想象大海的辽阔

日出海上的壮观

鱼儿跃出海面瞬间的震撼

躺在海滩上的浪漫

大海

遥远得像小时候想象北京

站在海边

大海是如此亲近

在海边

我纳闷

那么多的河水

为什么海都能容纳

河水是甜的

到了海里

为何变成了咸的

我在想

是不是那河中

流入了母亲太多的泪水

陪着母亲去看海

大海

离祁连山下的小城

多么遥远

没见过海的母亲

却总把海挂在嘴边

人不可貌相

海水不可斗量

水流千里归大海

母亲对大海的向往

一如在小城对北京天安门的向往

大海对从未走出过小城的母亲

遥远而充满诱惑

而母亲

一生也没实现看海的愿望

在海边

我拿出母亲的遗像

久久地站着

梦幻般的大海

碧波荡漾

鸥鸟翔集

帆影点点

涛声阵阵

母亲

眼前的海

是您想象中的大海吗

海天之间

天和海

一定有个约定

都以蓝色

包装自己

海水和天河之水

洗涤着眼睛

洗涤着躯体

洗涤着心灵

天空倾斜

无数朵星辰汇聚的浪花

扑向海面

用洁净的光

洗涤海水

天空的造访

使海枯石烂变为奢望

那些信誓旦旦的承诺

是一次触动灵魂的伤感

大海倾斜

海水注入天河

大海有了归属感

海水

把星辰变成了岛屿

一些星星

捞起了湿漉漉的记忆

在海天之间

我不觉得我是他乡的游子

故乡，伸手可及

被风吹来的往事

站在高处

目光

陷入远处的那片苍茫

天空变得凝重

秋风

把一幕幕往事

雁阵般排列在眼前

炫目的菊花

绽放出亲人的笑脸

我怎能忘记你

你的气息

包裹着我

踮起脚尖

伸出手臂

也抓不住时光的衣襟

与往事干杯

饮不尽满怀的愁绪

心中的苍凉

是雁的一声悲鸣

远山逶迤

荒草萋萋

我的思念

是秋天的一片红叶

在寒凉的风中旋转

觅　春

雪

隐在山的背后

标记冬天的符号

树

裸露着枝芽晾晒残冬

草

依然在土里沉睡

乍暖还寒

穿着厚厚的衣服

遮挡料峭的寒风

枝头的鸟儿

闭目回味冬天的寒凉

远山含烟

近山孤寂

早春的风

吹不醒山僵硬的躯体

一条河流

转过弯拐向苍茫

谁在倾听

河水的呜咽

春

在一声鸟鸣里发芽

在柳枝的鹅黄中探头

在大地的内心里复苏

春风吹过

是谁

融化了坚冰的内心

是谁

让积雪流下了一串串感动的泪水

报春鸟

衔来了一缕明媚的阳光

希望

在枝头绽放

鱼儿

拱起脊背欲掀开冰的册页

一只蛰伏已久的虫子

扭动了几下腰肢

太阳

心无旁骛，一路向北

一些金色的符号

蹦蹦跳跳

一河春水，浪花涌动

欲将柔情

施于绿草、花朵

能听到春勃发的声音吗

能感受到一棵草的力量吗

能感受到一片嫩芽的萌动吗

春风吹过

内心激荡

大地吐翠

如果见到了桃花

见到了山野中的杏花

还有花下的人

告诉他

我是多么想他

流水，在收集春天的语言

四月的黄河

敞开了胸怀

清脆的鸟鸣

滑落进清澈的河水

绿叶吐翠

花朵绽放

万物勃发的声音

被黄河静静揽入怀中

绿叶又在拍打阳光

蜜蜂在花间穿梭

嗡嗡的声音振荡了花的耳膜

蝴蝶扇动轻风

青草拔节

几只喜鹊又在喳喳报喜

林间飘来婉转的歌声

流水，正竖起耳朵

倾听收集春天的语言

再用涛声

传递春天的回音

春　潮

时光

在春天奔跑

太阳

释放多余的激情

风

藏起了锋利的刀刃

冰雪

在季节的暖中泪光莹莹

土地、草木

被春风抚慰

五彩的灯光

驱赶着残冬的寒凉

两座山

把河捧在心间

竖起耳朵

倾听河水的歌唱

春潮涌动

大地

正在酝酿绿色的心事

行走在春风里

即便春寒料峭

时令毕竟到了春天

冰消雪融

大地复苏

春天的脚步

翻山越岭

走村串户

把春光送到千家万户

行走在春天里

看到的都是春风满面的笑脸

大包小包采购

新衣新鞋，烟花爆竹

肉蛋菜奶，糖茶瓜子

欲把商场搬到家中

快乐喜庆的气氛

覆盖了城市、乡村

空气中弥漫着爆竹的味道

大门上挂着红红的灯笼

年味已经越来越浓

春潮涌动，春光无限

拥抱春天

拥抱火红的岁月

风　景

烂漫的山野

缭乱了春色

烟花轻飞

小桥弓身

弹起多少赏花的脚步

潺潺流水

正在追赶流逝的时光

蜂飞蝶舞

一双双灵巧的翅膀

追逐着花香

丽日蓝天

风轻云淡

春色染指山河

扮靓天地

我听到了

草木生长的声音

这喧闹的春色

曾经浸透过我的躯体

曾经阅读过我的眸子

和春天同行

谁是最美的风景

大河，正在唤醒一些事物

你的脚步有点匆忙

好似去赶赴一场约会

你的内心

孕育着一场风暴

阳光的碎片

开放成跳跃的花朵

水鸟拨动流水

仿佛在拨动春天的音符

枝头的鸟儿

扑棱着翅膀

在河边饮了几口水

感悟春天的酣畅

鱼儿跃出水面

亲吻春天的肌肤

岸边的草木

正在积聚蓬勃的力量

田间奔走的耕牛

将翻晒苏醒的土地

犁铧刺痛了春天的神经

涛声滚滚

一些事物

都在寻找自己丢失的容颜

春 雪

料峭的风

裹着雪花

重温冬天的旧梦

昏沉的天

没有了往日的明媚

静谧的树

不知向何处瞩望

白雪覆盖了小院的记忆

风,带来了远去的脚步声

走出门

我不忍心踩踏你的纯净

我用手轻轻捧起你

我感受到了白云的柔情

哦，春雪

你是天地的精灵

你是报春的使者

当你离去时

我犹如看到了春天的一次

转身

三　月

早春二月

在浓厚的春节氛围中告别

阳春三月

迈着轻盈的脚步而来

北归的雁

剪开了春天的帷幕

三月

在玉兰花的枝头开放

在杨柳的轻拂中缠绵

在清凌凌的黄河水中流淌

三月

是缕缕阳光的明媚

是丝丝春风的轻柔

是幅幅清新淡雅的画卷

三月

是百灵滴脆的歌

是草木吐绿的芳菲

是一年之计在于春的耕耘

是妇女们花枝招展的靓丽

是雷锋精神涌动的爱心

是人民大会堂国计民生的表决

在三月新生

或者再出发

过往的时光

谷雨过后

春天将要远去

心　　像叶子般跌落

曾经的失望

在草叶上弥漫

花朵　　正在绽放春天的色彩

满目青色

在储存春天的信息

一滴雨

随着大河奔跑

最终汇入大海

它的前世今生呢

过往的时光

淹没了多少欢乐忧伤

一季走过一季

谁在时光的河滩上留下脚印

炽　热

炽热的夏天

山川薄如蝉翼

庄稼迎风向阳

麦浪荡起涟漪

水果蔬菜

为炎热的日子带来清凉

炽热的大地

敞开胸膛付出热情

被阳光抚摸过的爱

都在夏天绽放

这片炽爱的土地

一年年捧出真心

奉献了多少美味和甜蜜

蝴蝶、蜜蜂、蜻蜓

都向土地倾诉炽热的情

又有一些花朵

举起了炽热的爱

绿　意

夏天蓬勃

更多的绿

从草叶、树叶喷涌而出

这葱茏的绿

和夏日的激情

引发了蝉高亢的歌声

一对比翼鸟

在绿叶掩映的枝头说爱

风，按动叶子的琴键

弹奏爱的清音

花朵的娇美

衬托绿叶的光芒

天空纯净

绿叶柔情

天涯，芳草依依

浅　夏

站在浅夏的门口

我看见鸟儿在河水中嬉戏

我的心

像鸟儿轻盈的身姿

我看到

绿叶遮住了沉思的枝干

一些思想的光斑

在叶子上跳跃

槐花

给浅夏涂上了一层芬芳

比春天更加丰盈的花朵

透露着温馨、明媚

浅夏滚烫的话语

总是穿透单薄的衣物

直抵心扉

你裙子上的花朵

迷幻了我的双眼

我分不清你和花的容颜

在这个浅夏

我不知道

美和真理哪个更近

唱　夏

炎夏

蝉是树的主人

可着劲儿地唱

为夏天消除寂寞

一些太阳的光斑

白头翁般蹲在枝头

竖起耳朵聆听蝉叫

一场喋喋不休的辩论

月亮升起来时

蛙鸣四起

稻花香中

唤来了我乐见的丰年

在城市的某个角落

又传出悠扬的琴声

夏天的喧嚣

热浪般翻滚

深夜

惊悚的闪电划过天空

滚滚雷声

打开了天空的讲台

夏天的生长

越来越近的太阳

将更多的温暖

传递给草木、花朵、庄稼

万物欣欣向荣

夏日的风

带着内心的火焰

拂去春天的娇羞和青涩

一切都在疯长

天空拥抱所有的物种

少男少女们

换季般脱下了成长的烦恼

更多爱的火花

被太阳擦出

你的笑脸

有了向日葵的灿烂

黑夜短暂呀

我愿在夏天的躯体上奔跑

我还将摄入更多的食物

像庄稼般拔节

不负疯长的夏天

夏日的激情

靠近大地行走的太阳

为万物注入了炽热的情怀

在通往秋天的路口

夏天

正驱赶着万物前行

夏风荡漾

万物欣欣向荣

让一段相思

在夏天疯长

让阵阵雷声

滚过爱的天空

让惊悚的闪电

引爆爱的火花

风中摇曳的荷花呀

不到夏天

不会露出娇羞迷人的脸庞

夏日激情

既是生长的季节

又是收获的季节

蜂飞蝶舞

蝉鸣蛙叫

热情的夏天

你锻造我青春的壮丽

露给我一个迷人的笑脸

夏天的明媚

那些曼妙的云

衬托天空的蓝

湛蓝的天幕

衬托太阳的明媚

花朵绽放

许多美好的事情

都发生在夏天

你释放出了太阳般的热情

我的心有点烧灼

熔炉中炼出的爱

至纯至真

一声问候

足以快乐一天

心，在云朵之上飞翔

哦，夏天

大地多么灿烂

樱桃熟了

杏子熟了

西瓜熟了

那青绿迷蒙的草地上

野花含情

举起酒杯吧

与你，与夏天共饮

伏 天

骄阳似火，赤日炎炎

夏日激情

进入伏天

热浪一浪高过一浪

蝉鸣蛙叫

火热的日子已经来临

猫狗都躲在阴凉处

无精打采地躺着

树上的叶子

耷拉着头

没有了往日的风采

铄石流金，暑气熏蒸

在这高温难耐的日子

有人依然在加钢淬火

最后的夏日

太阳，将捧出最后的激情

夏日，将要远去

即将消失的夏天

带走的不仅仅是炎热

还有激情

乃至草原上的歌声

奔放的舞蹈

蝉鸣

将在某一天消失

蛙声

也会在某一天沉寂

逐渐消失的

还有夏花的静美

裙子的飘逸

如果没有夏天的疯长

就没有草木的生机

如果没有夏天的淬火

就没有秋天的丰收

如果没有火热的夏天

就没有青春的风采

在最后的夏日

我想穿上红裙子

挥霍一次夏日的激情

我想跳进黄河

拥抱水中的太阳

我想穿过人群

找到你

交　替

夏花静美

硕果累累

叶子，吻了吻苹果饱满的脸

麦子，脱去芒衣紧紧相拥

一棵倒在路上的树

挡不住季节的脚步

雨后的彩虹

为夏天和秋天搭起了一座桥

季节的交替

犹如我和你迎面而来

却又失之交臂

望着你远去的身影

我茫然无语

挥手

你将带着你的热情

带着蝉、蝈蝈的鸣叫

躲在绿叶和云端的背后

任我，独自在初秋的风中啜泣

一片秋月

压疼了花朵

我在夏天发出的邀请

你没有回复

一个季节的离去

如同你从我的世界中消失

初 秋

秋风

并不浓烈

尚不具备扫除落叶的威力

草木

依然茂盛

山坡上的牛羊

不惧老虎的淫威

专心致志地咀嚼秋天的成熟

贴上秋膘的骏马

欲将秋天

驮向高远

庄稼在秋日的艳阳下

筋骨一天天变得坚硬

饱满圆润的颗粒

不负期待的眼神

快乐的鸟儿

不惧稻草人的威胁

衔着谷物飞来飞去

胡杨、枫叶

色彩缤纷的叶子

正在孕育内心的风暴

喜上眉梢的农人

欲将秋天挂在屋檐下

仔细欣赏、品味

秋天的第一场雨

秋天的第一场雨

让狂暴的秋老虎

少了分躁动

多了几分安静

久旱的大地

吸吮着甘霖

被晒蔫了的叶子

舒展了身心

忙碌的八月

田野里收获的人

城市里脚手架上挥汗如雨的人

能够享受天空带来的短暂的爱抚

秋风

一天天变得凌厉

并逐渐将天空拂远

一切，终将要归于平静

秋 声

风

按动了树叶的琴键

鸟

用清脆的鸣叫与自然对话

阳光

在水面上扭动腰肢

秋天的声音

饱满而质感

秋天的声音

是玉米的爆裂

是麦子的笑声

是苹果的坠落

是谷子弯腰的倾诉

是高粱的喧哗

是收割机的轰鸣

是丰收的歌声

静静地坐在那片草地

倾听秋天的声音

倾听自然的旋律

任思绪飞扬

秋天的味道

是一坛老酒的醇厚

是一季麦香的悠长

是稻花香里说丰年的陶醉

炊烟托着千家万户的饭香

诱惑了天空的嘴唇

蟠桃沁人的香味

被秋风推送到了王母的宫殿

天地飘香

人神共度香甜的岁月

百万只蜜蜂组成的军团

正在循香转场

天南海北

四季都有绽放的花朵

秋天的花朵

清香扑鼻

蜜汁四溢

苹果的芳香

白兰瓜的醇香

红枣的幽香

各种瓜果散发的浓香

熏透了大地、山川

花前月下

田园牧场

飘香的岁月

生命如歌

将一朵花献给你

将一枚果子献给你

秋天的味道

芳香弥漫

时光，让秋天变得丰盈

时光，用充足的养分

将秋天变得丰盈

秋风

用指尖轻轻一点

苹果的脸

就变成了少女绯红的脸

高粱弯下了腰

它已扛不住这份饱满与厚重

一片云影

欲为那些流汗的模样擦拭额头

秋风

如同多彩的画笔

还在染指山河

红红的辣椒

用浓重的元素

描绘生命的壮丽

金黄的玉米

用满口的金牙

咀嚼秋天的味道

薰衣草

飞扬蓝色的思绪

那些从平原、山川收获的果实

终将拥挤在一起

倾诉成长的经历

盈盈秋水间

有人在等待一场秋天的约会

秋月

定会将圆满

挂在高处

秋　歌

秋的繁华

再一次被凌厉的风检阅

麦子、水稻、玉米

大麦、青稞、藜麦

着不同的盛装

列队

风过处

队伍排山倒海，气势如虹

秋的繁华

是果子滚落的瞬间

是西瓜的一声爆裂

是青蛙的一声鸣叫

繁华的秋

痉挛了谁的双眼

放眼望去

大地的色彩令人窒息

红衣少女在蓝天下放歌

金色的田野

滚动着饱满的音符

万顷庄稼

又一次接受歌声的检阅

队伍

庄严而神圣

晚　秋

萧瑟的秋风

又拂起了内心的寒意

天空散淡

万物都在幻化

那些红红的柿子

灯笼般点燃了天空

那些红叶

欲渗出血汁

一滴寒露

让我感到了时间的仓促

河水流淌着忧伤

大地的呼吸

变得沉重

渐渐加厚的衣服

使我的行动变得迟钝

有谁知道叶子的忧伤

有谁知道花朵的焦虑

站在空旷的原野

我如何能将秋风埋葬

夕阳中的黄叶

夕阳中的黄叶

闪烁着万点金光

犹如碧波荡漾的水面

波光粼粼

叶子，向太阳招手致意

太阳澎湃的激情

让叶子颤动

那耀眼的光芒

令它眩晕

夕阳中的黄叶

太阳花一般绽放

深秋时节

叶子的绚丽

胜过了春天的花朵

我曾经给过你一片黄叶

也曾给过你一片红叶

那些叶子
传递着火一样炽热的情感

夕阳西下
爱恨别离
多少凄美与忧伤
像金黄的叶子
消失在深秋的风中

樱花树上的黄叶，
点燃了秋天的热烈

秋风染指了江南的秀色

秋色描摹了湖水的秀丽

樱花树上的黄叶

点燃了秋天的热烈

鸟鸣

抒发对秋天的喜悦

六和塔

把西山站瘦

细细长长的雨帘

打湿了青色的记忆

水墨丹青

画风细腻

宛如扬州八怪的手笔

有爱的地方

笔墨有情

黄河的波涛被秋风抚平

秋天泛着金黄

黄河的波涛被秋风慢慢抚平

露珠欲跌落草叶的悬崖

大雁

一天天等待着南飞的时辰

雷声隐于云朵背后

闪电划破的天幕

早已缝合

金黄的日子

带来了黄金般的喜悦

沉甸甸的麦穗、高粱、玉米

曾经低下过高昂的头颅

丰收的歌声

被秋风收获

太阳

渐行渐远

天空

愈加高远

爱的岁月

正在一天天远去

万物

渐渐变得平静

秋风，抬高了云朵

成熟，露出了饱满的笑脸

秋风，抬高了云朵

站在秋的门口

挥手，与夏天告别

我生锈的镰刀

已被秋月磨得锋利

蘸上日光

以摧枯拉朽之势

让庄稼倒伏

割断庄稼与土地的牵挂

如同剪去大地的秀发

小麦、豌豆、大米

都要颗粒归仓

秋天的喜悦

是一串辣椒的火红

是一粒苞谷的饱满

是一个苹果的笑脸

是赤橙黄绿色彩的缤纷

秋风激荡

秋景壮美

吼一声长调

喝一口老酒

心，像蝴蝶的翅膀

秋霞

火红的秋天

大地上的色彩像彩霞飘落

朝霞夕照

一次次为大地着色

曾经的青涩

都透露着成熟

一朵云高举着霞

漫步天庭

以瑰丽的色彩

与跌落在山谷中的霞对话

秋霞

俯首触摸大地的丰收

母亲迎着朝霞

母亲背着晚霞

母亲在霞光中分娩

孕育出了太阳的女儿

太阳的女儿

与光明同行

最黑的夜

也盗不走体内的霞

露珠，包藏着一颗柔软的心

白露

秋天的又一个节气

从诗经中款款而来

秋水佳人

数千年来

令才子们浮想联翩

情生今日

露起今夜

爱的日子

诗情画意

露，是谁的泪

是太阳的忧伤

还是月亮的孤独

抑或伊人的相思

晶莹的泪珠

包藏着一颗柔软的心

水

在午夜的草尖上集合

一滴水

一个清清亮亮的世界

一滴水

洗尽了太阳的锈迹

一滴水

带来了倾世的温柔

我担心秋天会被雪花掩埋

秋的脚步

麦茬编织的蒺藜没有挡住

落叶织成的网没有挡住

那些熟透了的红红的笑脸

也失去了诱惑

秋

翻越了棉花堆成的山峰

跨越了麦子堆起的丘陵

跳过了葡萄汁流淌的河流

秋

带着冷傲

带着肃杀

大步流星地往前

秋的尽头

堆满了枯草与落叶的尸体

秋的尽头

风一刀刀雕刻无情

秋的尽头

水正在固化成冰

我真担心秋天再往前走一步

会被冰雪滑倒

又被雪花掩埋

没有绿色的季节

随着最后一片叶子凋落

树，与绿色告别

没有了绿叶的点缀

树，愈显苍老

草黄了

没有绿色的大地

空旷如亘古

又恍如到了另一个时空

万物

在冬天收敛锋芒

隐忍，蛰伏

季节的寒

让鸟儿失语

行路者

经过多少时光的颠沛

才会找到温暖的港湾

在没有花香的冬天

一切索然无味

在没有绿色的冬天

白色是主色调

又一场大雪来临了

纷纷扬扬的雪花

让世界一片纯净

季节的留白不会太久

在厚厚的雪下面

草，正在耐着性子

静静地等待出头之日

静 候

田垄沟岔都在静候

静候温暖的阳光

静候月光的抚摸

静候风的安慰

河面上已结上厚重的冰

迷蒙的雾泛着白光

一缕青烟

从河边的小院升起

在虚无的空中扭动腰身

是空灵的境界

还是冷艳的装饰

荒凉

把大地成倍放大

直至渺无边际

空旷犹如蛮荒

不再奢望一束花的艳丽

一堆篝火的热烈

在这个冷酷的季节

土地、树木、小草

都在静候

静候沉默后

一切

有一个美丽的开始

霜花，正在编织往昔的冬天

寒风

从东仓弯弯的芦苇荡吹过

苇花摇曳起伏

那芦花的白

像一场雪

仿佛世界

在一夜间就苍老了

夜晚

母亲又把那些白

缝进了我的棉袄

如今

在没有烟火的老屋

霜花

正在编织往昔的冬天

霜花中

依稀能看见母亲

曾经喂过的鸡

曾经喂过的猫

曾经喂过的狗

雪落黄河

河水

把一朵朵雪花揽入怀中

清凌凌的河水

敞开胸怀

拥抱一朵又一朵雪花

让自己的腰身丰盈

赤裸的树枝

因雪的栖息

而变得硕壮

大河边

玉树琼枝

美景正一次次被摄入取景框

水鸟

在岸边杜撰零乱的文章

纷纷扬扬的雪

欲将黑暗掩埋

融入河水的雪

最终将流入植物的根茎

融入我们的血液

我的体内

有千万朵雪花绽放

三九天

呼出的寒气

在眉毛上结霜

季节的寒

在窗户上打下烙印

在这寒冷的世界里

肌肉和心灵都在紧缩

遥远且偏南的太阳

正在僵硬地往北方赶路

零度以下的太阳

失去了往日的热情

南山

裹着皮袄取暖

往日里滔滔不绝的大河

嘴唇被冻僵

失去了语言的表达功能

一群冬泳者

用激情舞动浪花

让大河喧嚣

谁知道太阳的孤独

谁知道太阳心中的寒

在凛冽的风中

送煤的人和太阳一起赶路

欲给抱薪者带来温暖

黑夜

温度降至零下二十多度

星星被冻成了石头

我欲成为火中的凤凰

在寒夜中

追赶太阳

冬天是可以入画的

一夜间

冬天就变成了童话的世界

到处银装素裹

树枝上落满白雪

恍如千树万树梨花盛开

一座座木屋头顶白帽

宛如一座座城堡

一行诗里透出风的骨骼

一堆柴火欲烧热冬天的胸膛

一声狗吠让天地悠远

一缕炊烟欲把天空撑高

如诗如画的世界

正在往童话的深处行走

冬 梦

是谁把一粒种子
撒在冰冻的土地
期盼它生根发芽
是谁把雪花扬在空中
盼望天空中盛开朵朵白莲

大地褪去色彩
进入梦境
那一片片雪花
是梦中的蝴蝶
空中的鸟鸣
被大地的耳朵屏蔽

鱼在冰层下舞蹈
孩子们在冰层上滑冰、打雪仗
在这易碎的时光
让骨骼坚硬
季节的寒
带来了冰雪的温情

冰雕雪国

晶莹剔透

让梦轻盈

让蝴蝶飞翔

让天地纯洁

梦醒时分

在洁白的大地上

写下崭新的诗章

雪花飘零的日子

纷纷扬扬的雪花
是天空忧郁的语言
在雪花飘零的日子
漂泊的心
载不动雪花的重

那些寒凉
都被冰雪覆盖
我在雪地上
寻找曾经的脚步
心
像雪花般在风中飞舞

六瓣的花中
包裹着坚硬还是温柔
谁知道一朵雪花坠落的疼
谁能读懂
雪花的心事

在白茫茫的雪地上

你愈行愈远

风雪，掩埋了你的脚印

寒鸦的鸣叫

像天空一声长长的叹息

我放飞的那只蝴蝶

从天外翩然而至
像一只只玉蝴蝶
旋转，飞舞

世界，一片纯洁
踏雪寻梅
一些浪漫的色彩
悬挂在高枝

一些雪
不惧寒冷
轻轻跃入河中
化作河流的骨骼
雪中的山
多了几分深沉
多了几分矜持
我放飞的那只蝴蝶
会落在你的肩头

宁　静

天空中

没有了翱翔的鸟儿

没有了清脆的鸟鸣

雷声远遁

闪电隐身

那朵飞翔的云

藏起了尾巴

屏声静气

是天空的沉睡

还是宇宙的冥想

一场雪

使大地也变得宁静

没有了蜜蜂的嗡叫

没有了蝴蝶的飞翔

没有了雨水的滴答

大地

搂着熊、龟、蛇、蛙进入冬眠

世界仿佛回到了洪荒年代

太阳似乎都停止了转动

我差点失声

为宁静背后巨大的力量而惊叫

是谁，带来了冬夜的暖意

仲冬

一切仿佛归零

大地空旷

太阳慵懒

日子懒散

枝头挂着裸露

行人的脚步迟疑

呼呼的风

把月亮的脸刮得苍白

僵硬的思维

冰冷的面孔

乏味的语言

失去花朵和绿色的土地

仲冬之夜

我不敢伸出自己的手

我怕突然而至的寒流

将我冻成一具冰雕

是谁

带来了冬夜的暖意

我竟然听到了血液的汩汩流淌

如同鹰

带走了天空的忧伤

深邃的夜空中

一定有一颗星星开满了鲜花

就像今夜

有一颗心为我燃烧

雪 地

下雪了

踏着雪咯吱咯吱前行

还记得前方的那条小路吗

你喜欢在雪地行走

似乎那些尚未被污染的雪

能承载更多的纯情

深深浅浅的脚印

装满了爱的絮语

途中的诗意

在周围洋溢

一些联想的空间

被古典诗词和绘画填满

雪掩埋了脚印

没留下丝毫痕迹

大地一片洁白

像一张白纸

后来

天晴了，雪融化了
好像什么都没发生

再后来
不知道你在雪地一样的白纸上
写下了什么
我走在雪地
眼前一片苍茫

旋转的水车

风

抓着水车的手臂旋转

旋转的水车

旋转着悠悠岁月

滔滔的水声

和水车吱吱扭扭的声音

汇聚成水的力量

或向前，或向上

旋转的水车

滋润了多少干渴的心

旋转的水车

浇出一片新绿

一片希望

在古老的岁月里

它曾是最现代化的灌溉工具

如今

却失去了灌溉的功能

成了黄河岸边的一道风景

旋转的水车
旋转着昨天
旋转着明天
它
多像历史的车轮

守　望

一条长河淹没了多少岁月

一座山磨碎了多少斑驳的日光、月光

一座桥贯通了南北

穿越的脚步

似乎踩着水的骨骼

心上飞起的浪花

打湿了天空的云朵

二月的泥土

正涌动春的信息

水鸟守护着蓝莹莹的河水

像婴儿守护着母亲

山、水、人

守着一座城

彼此看一眼

一切

都像默熟于心

一滴水

带着高原的梦

带着雪花的梦

从高山之巅

倾泻而下

漫步堤岸

便有了良畴万顷

桃红李白

草木葳蕤

山有多高

水有多高

一朵浪花

道不尽四季的寒暑凉热

涛声阵阵

多少如烟往事

成为生命中的绝唱

一滴水

包裹着日月星辰

从流水中打捞出的岁月
都沾着斑斑锈迹
总要将一些无法排遣的惆怅
付与大海

穿城而过的河

黄河流入兰州

就像嫁出去的姑娘回家

面带微笑，步履从容

少了几分野性

多了几分淡定

平缓的水

滋润着娘家人的心田

黄河从西固达川镇进入兰州

就收敛了倔强的脾气

像成熟稳重的少妇

风情万种又面露羞涩

柔情绵绵款款而过

黄河楼、白马浪

黄河母亲、白塔山

中山桥、水车园

一个个著名的景点

被游人一次次定格

秋冬之交的黄河

层林尽染，玉树琼枝

色彩缤纷，气象万千

那些绚丽的叶子

托着激情洋溢的眸子

人人举起手机、相机

欲让这美景成为永恒

秋冬之交

到黄河边去看看吧

去看黄河吞没落日

去看红叶燃烧晚霞

去看黄叶给太阳镀金

去看大河成为一条彩练

塔与河

一条河

从两座山的间隙穿过

一座白塔

站在山顶俯视大河

塔

深情地注目河水

河水

为塔唱着动听的歌

聚沙成塔

塔与河

有一种情缘与默契

塔

竖起耳朵倾听世界的喧嚣

有些不入耳的声音

不影响他佛一般打坐

河水

一刻不停地奔涌东流

大河

还要滋润更多的生命

让万物露出花朵般的笑脸

塔

有时想凌空欲飞

河水

想驻足与塔对话

静与动

白塔与大河的本真

归 宿

一条浑黄的河

被泥沙迷惑了双眼

差点丢失了自己

正在凭借记忆

搜寻曾经的途径

一朵充满激情的浪花

不能站立或者等待

途中

它或许会浇灌一片麦田的躯体

或许会滋润一朵花的翅膀

或许会成就一片湖泊的梦想

或许会品尝海水的苦涩

如果一滴水跳出大河

渺小会不会成就伟大

空旷的天空下

大河奔涌

人人都是大河中的一滴水

一池锦绣

一池锦绣

被谁灵巧的手

镶嵌在水面

野鸭游弋

芦苇摇曳

画面充满了动感

山的倒影

蜿蜒起伏

一棵棵树

纵身跃入水中

是要洗去枝叶上的尘埃

还是丈量湖水的深度

明媚娇艳的荷花

风姿绰约

夏日的容颜，清雅靓丽

一朵朵睡莲

淡妆恬静

露出浅浅的微笑

一池水

山青水碧，叶绿花红

风动荷香，青莲墨韵

浮翠流丹，风光无限

一只仙鹤

飞临湖边

时而翩翩起舞

时而引吭高歌

为这如画风景

又添神来之笔

湖

天光云影

湖水

平静的歌唱

日月

争相跳入湖中洗浴

掠过长天的鸟儿

一声鸣叫被洗涤

是天空的镜子

还是大地的瞳孔

六月的恋歌

被水波一次次回放

骄阳似火

天空俯下身子

吻了吻湖水

爱

天长地久

入梦江南

进入梦境的江南

有水的流动，浪的拍击

一块块青瓦

诉说着生锈的往事

一幢幢房舍

是风雨中的港湾

小巷深处，红唇美人惊艳了岁月

风流才子，让江南入诗入画

流不尽心声的水

跑在春天的前面低吟

婉转的鸟儿

在季节的深处浅唱

杨柳依依，烟花纷飞

谁在挥舞迷人的春色

一叶小舟顺流而下

载不动思古之幽情

烟波浩渺

我欲放飞一行白鹭

西　湖

西湖的水

情人的泪

风吹过

滚滚的泪珠儿涌到天边

令一抹烟柳垂泪

一叶小舟

满载着离愁别绪

烟波浩渺处

才子佳人肠断水云间

草色撩动湖光

那些神仙的传说

那些久远的故事

水幕电影般一幕幕上演

夕阳拖着长长的影子

湖水泛起一池血色浪漫

夕阳恋恋不舍

欲将湖水揽到天边

这面明镜呀

被神打造成了月亮

在天上人间游弋

江南风韵

青瓦白墙

小桥流水

行走在小巷中

撑油纸伞的女子

娉娉婷婷

江南的小镇

诉说着多少陈年往事

石台上敲打岁月的女人们

敲走了鲜嫩的青春

摇橹的汉子

摇走了四季

摇荡着美好的憧憬

卖芝麻糖的大叔

香甜了幽幽小巷

灵巧的手艺人

捏出的小泥人憨态可掬

过路的人

都是风景中的风景

小船晃晃悠悠

划破了冬日的懒阳

一池的流水

是谁洒下的哀怨

一滴泪

溶入了烟雨江南

情满江南

一片片柳叶

挂着丝丝缕缕的情思

一条古老的小巷

汇聚着古今的脚印

一个如花的少女

从小桥上走过

回眸一笑

便明媚了江南

和煦的春风

绿了江南的大地

红红的灯笼

映红了江南的岁月

江南的水

明亮了我的眸子

江南的山

灵秀了我的躯体

江南在我的眼前

我在江南的怀中

与江南同行

诗与画

正被时光的手

缓缓打开

江 外

一条江

发源于青藏高原

江水滚滚东流

有山的骨骼

西部的雄浑

南方的娇柔

江

是云端惊爆在大地上的一道闪电

横贯东西的一条巨龙

纵贯古今的一行热泪

江

迎送了古今多少客

阅尽了天下多少事

淡定、恬静、从容

站在江边

就听到了历史的回声

就看到了一幕幕历史的活剧

放牧一片海

放牧一片海

波涛是逐梦的羊

一群群向岸边奔跑

振翅的海鸟

高奏着春天的旋律

天上的白云

手挽着手

走向了远海

一遍遍深情地吻着浪花

湛蓝的天空

碧蓝的大海

尽情地抒发蓝色的畅想

心

是海洗过的一片蓝

大海是一片牧场

巨浪掀起的牛马

在蓝色的草原驰骋

海边的椰子树

为谁站立成一片相思

木棉花

高举着痴情和热烈

放牧一片海

放牧辽阔与宽容

放牧深邃与苍茫

海边遐想

海天一色
如果海是天
鱼是否会像鸟儿般飞翔
岛礁是否像星星般闪烁

如果天是海
鸟是否会像鱼一样游弋
月亮
是荡在海中的一艘船

海誓山盟
海未变
山未变
变了的
是人

大海不会与湖泊比大
流水不会与海水比深

大海从未索取

奉献的

都是生命和珠宝

当初从海里走出时

或许是鱼

到了陆地上

变成了人

而人

一直想榨干海水

泪水与海水

都是咸的

海水蒸发后

化作云朵洒下甘霖

时光的海

海就在眼前

沙滩就在脚下

海天一色

恍如梦境

问海

我的忧伤呢

我的痛苦呢

大海

以浪花作答

忧郁已被波涛抚平

我愿做一只海鸟

上下翻飞

一片辽阔

一片蔚蓝

我把赤诚的心给你

海中

有爱的珍珠

舞动海风

翻开时光的海

把心留给那片海

蓝色的大海

波涛涌动，浪花翻滚

鸟鸣鸥翔，气象万千

芭蕉如伞，椰林婀娜

把心留给那片海

在碧波荡漾的涟漪中沉醉

心，如大海般浩渺

让一只鸟在心的天空飞翔

让一艘巨轮在心海扬帆远航

让咸涩的水

再次冲击心的堤岸

在海中

放飞蓝色的思绪

让海浪拥抱

让海风抚摸

让阳光亲吻

在波峰浪谷间起舞

一如在母亲的摇篮

海之恋

大海掏空所有的幻想
诱惑星星、太阳、月亮

以深蓝的色调和澎湃的激情
诱惑湛蓝的天空

鸥鸟翔集
为大海涌动的波涛喝彩

让心之船在大海抛锚
领略宽阔、包容、博大

帆影点点，汽笛长鸣
登船，就会驶向理想的彼岸

大海，捧出了一切宝藏
鱼虾、珍珠、珊瑚、石油

在海边

思绪像浪花般翻滚

为什么我们那么迷恋大海

它

曾经是故乡

在海边

大海的宽阔
一如心的辽阔
久违了的海
我又站在了你身边
波涛，撞击着心的堤岸

水天一色
我能听到你的呼唤
问一轮太阳
此刻
正照耀着大野口的山谷
走过高山
走过大海
山与海
都比我想象的更高、更大
更辽阔

在海边
我想起了终年在大山里劳作的人

在海边

我看到了下海的人

和在海水中的弄潮儿

山和海

亦如我的骨骼和胸襟

二月的海风

二月裸体的风

从海面掠过

拂过久远的往事

浪花捧起了高远的星空

金色的沙滩

搁浅了多少海誓山盟

谁在海边寻觅

曾经的承诺

二月的海水

眸子般透明

风掀动浪

卷起爱的波涛

烽火台

龙的骨骼

融入了打夯者的血汗

孟姜女的眼泪

戍边将士的血性、胆气

扛起过多少云梯

承载了多少杀伐

体内埋藏着多少箭镞

经历过多少风雨

屹然挺立，挺立成

一个民族的精神图腾

狼烟滚滚

沙场点兵

金戈铁马

残阳如血

烽火台

信息化战争最初的平台

狼烟散尽后

被移植到桌面

多少年过去

那滚滚的泪珠儿

依然在流淌

那马嘶声

金属的碰撞声

犹在回响

一墩墩芨芨草

不知疲倦地在清扫

历史落下的尘埃

当年血战沙场的情景

被复制在银屏

供后人消遣，如今

长城是陈列在露天的文物

一列动车

正载着秦时的月光西行

烽火台

流下了两行沧桑的泪

一个民族的胸襟

裸露在烽火台之上

被漠风拂远的思绪

云朵在沙漠投下沙丘

高低错落，凸凹斑驳

旷野

比裸露了心灵的君子更为坦荡

更远的天地相连处

云朵

正羊群般啃噬着沙漠深处

那片千年的苍茫

干渴的风

没有一片绿叶遮阴

落日

将张骞、玄奘的身影

拉得很长，很长

夕阳

又泼下血一般的岩浆

炙烤孤独的灵魂

黄昏从西天弥漫

太阳跌落沙丘

一些久远了的往事

被星星、月亮晾晒在眼前

今夜

千年前的月光

流水般淘洗着千年前的岁月

一队队商贾

驮着丝绸、茶叶、瓷器

玉石、核桃、葡萄

在月光下东来西去

历史

在漠风中逶迤起伏

一声汽笛

划破时空

此刻

一列中欧班列正穿过长城

仿佛十万头骆驼在沙漠上狂奔

龙井山

龙井山是被鸟儿吵醒的

睡眼惺忪的龙井山

被霞光揉了揉眼

缕缕茶香

被日月浸泡

酽茶四溢

色、香、味俱全

谁在豪饮天下

谁在品茗沉思

这一垄垄茶

如同一个个沉睡的哲人

隐于山川

当采茶歌醉落了天边的白云

茶农的幸福

在指尖流淌

龙井山

圆了无数人的梦想

龙井山的内心是沸腾的

那泡熟的茶

激情似火

正在孕育闪亮的思想

那吐气如兰的翠叶

让浮躁者清静

龙井山的一垄垄茶

在杯中

以深沉

或是恬静的语言

与你对话

抛向天空的花朵

春之门刚刚打开

数万朵花抛向了天空

乘风而来的仙女

在花海中起舞

长袖挥舞五彩的丝绸

眼前幻化出曼妙的风景

汉唐的胜景

逶迤而来

我从瀚海古道走过

眼前飘落了一阵花雨

声声驼铃

敲响了千年的时空

班超、张骞、玄奘

霍去病、卫青

从我眼前走过

一束束花抛向了他们

他们的身上

沾满了花香

浩渺的长河

狂热的世界

谁是明亮的星

谁该拥有鲜花

涟漪，水中绽放的花朵

天上来的水

带着宇宙的思绪

在水面泛起层层涟漪

鱼

正与水中的星星对话

水，是鱼的故乡

还是星星的故乡

涟漪

水中的花朵

与荷花

竞相开放

水鸟

蜜蜂般采着花香

待花朵凋谢

大地上的硕果

以虔诚之心

供奉天地、人间

野百合

一束野百合

在深山开放

红红的花瓣那般热烈

是跌落的红霞

还是燃烧的火焰

它的美，招来蝴蝶

它的香，引来蜜蜂

野百合

在不为人知的地方

静静开放

如燃烧的火炬

高擎着不屈的信念

在风中扭动最美的舞蹈

与天空的对话那般嘹亮

我从一束花中

读懂了风的骨骼

从一束花中

读懂了世界的美

荷　花

天女散落的花

掉到水中

风过处

花朵摇曳

一如荷花仙子

轻移莲步

又宛若群芳出浴

缕缕幽香

醉得天地东摇西晃

玉宇澄清

水波凌凌

是谁羞红的脸庞那般粉嫩

是谁清洁的精神那般闪亮

今夜

我要在荷花仙子面前

救赎我的灵魂

花与叶

花

自然赋予大地

最美的色彩

最鲜艳的生命

鲜花

离不开绿叶的陪伴

花是笑脸

绿叶是衣服

花

是美的绽放

叶

是美的衬托

片片绿叶

簇拥着花朵

从不占据最显眼的位置

花和绿叶

从不分离

没有绿叶的花朵

是失去灵魂的生命

没有花朵的绿叶

是黯然失色的生命

花

愉悦了心灵

叶

高贵了生命

草

再柔弱的草
都会从泥土中挺身而出
春风春雨
滋润绿色的容颜

草
汇聚成绿色的波涛
让大地起起伏伏
小草，能扛得住岁月的惊险

天下的草
都在泥土里修行
把绿色的爱意
铺在广袤的土地

爷爷奶奶，父亲母亲
都从草地上走过
他们和草一样
都经受过风雨
都挣扎着向上

一棵草的光芒

曾高举过阳光

也曾被冷月压疼

曾在风雪中弯腰

曾以不屈的身姿

托举起甘露

我对你的了解是多么肤浅

我不知道你的孤独

你的忧伤

我听不懂

你与太阳交谈的语言

甚至看不懂你在风中起伏的舞蹈

你敛尽荒芜

掏出内心的碧绿

修补大地的伤痕

一场寒风

冻僵了你的躯体

在风雪交加中

你一天天变黄，枯萎

但我从牛羊的目光中

从骏马绸缎般的脊背

看到了你的光芒

在春天

我和你会有一场期待已久的聚会

草棵间是阳光的安然

绿色的草

大地的秀发

被风的梳子梳理

被牛羊啃过

被骏马噬过

收集过清脆的鸟鸣

曾把春天

揽入怀中

柔软的草

曾经历过冰雹的击打

霜雪严寒的侵袭

曾经托起过晶莹的露珠

躬身举起过黑色的夜幕

一棵棵草

织成碧绿的地毯

躺在草地上仰望蓝天白云的人

是钟情于草的柔软

还是醉心于天空的辽阔

而他旁边

微落在草棵间的

全是阳光的安然

春 草

时光在一棵野草里发芽

风急天高

月色朦胧

心事无人能懂

倒春的寒流驱赶着河流前行

草芽在寒风中哭泣

春天步履蹒跚

已经不是从前温情的春天

无辜的雪花

随雪崩倒下

我害怕我喜欢的那一朵

在这个春天里

悄悄离我而去

逆行的风

扶起了草柔弱的腰肢

爱在传递

弥漫了泥土的心扉

春风渐渐变暖
草已变得茂盛
一些花渐次开放
那芬芳的花朵
会医治躯体的创伤

秋 草

秋草

向天空的云朵致意

云朵

投下一片影子与秋草对话

秋草

有剽悍的个性

一如骏马的奔腾

秋草是有温度的

纤纤细草

把火热的情

传递给牛羊、骏马

秋草是有硬度的

大风

折不断秋草的腰

秋阳下的草

闪着剑的银光

秋草是饱满的

满含乳汁的草

喂养出膘肥体壮的牛羊

月光

从绸缎般的马背上滑落

当秋草黄了的时候

大地黯然伤神

牛羊忧郁的目光

望断了南飞的雁

梧桐雨

雨在梧桐叶上跳着芭蕾

稍不留神

就滑落了下来

不知道雨和大地

谁感受到了疼痛

曾经在风中拍手的叶子

曾经揉碎了阳光的叶子

如今被雨脚踩了又踩

雨

有节奏地抽打着梧桐

一片叶子上苍蝇留下的痕迹

被洗得干干净净

雨中的梧桐

多像一个饱经风霜的老人

那单薄的身子

如一片叶子

雨水

一次次从他脊背上滑落

不知道有一天

他会不会像叶子上的雨水

抑或像叶子般

滑入岁月的深渊

嘀嗒，嘀嗒

有的雨落在身上

有的雨落在了心上

我感到了岁月交替的疼

一棵树

一棵树

有多么孤独

白天

只有影子相伴

夜晚

能听见风的哭泣

拓荒者都惊叹

荒原上

怎么独独长着一棵树

一棵树

托举着蓝天

扎根于荒原

汇集着日月精华

吸吮着大地之灵秀

它挺立于荒原

展示着生命的顽强

一棵树

绿叶婆娑

枝头上

鸟儿啁啾

树荫下

情侣相拥

一棵树

是荒原上最美的风景

一棵树

给垦荒者多少绿色的希望

拓荒者们说

一棵树该有多孤独

我们栽树吧

让树与树相伴

让树与树挽手

于是

拓荒者在大树的旁边

栽下了一棵棵小树

小树

如同一个个缺乏营养的婴儿

它的生命那么脆弱

一棵棵树

能绽放出绿叶的没有几棵

栽树者才知道

荒原上怎么只有一棵树

这棵树的生长本身就是一个奇迹

人们把这棵树称为神树

拓荒者们不服气

栽了死

死了栽

从十余里路外拉土

从七八里外拉水

像呵护孩子般呵护树

一棵棵树

终于吐绿洒翠

荒原上有了树

招来了更多的鸟

荒原上有了绿

引来了更多的人

一棵树变成了一片绿洲

一片绿洲变成了一座城市

一棵树

成了一个城市的象征

一棵树

是多年后人们津津乐道的话题

一棵树的年华

一棵高举着绿色的树

不会向荒芜低头

一棵鲜花盛开的树

不会向单调低头

一棵百鸟朝凤的树

不会向寂寞低头

一棵树

撑起了绿色的天空

树

大地上最旺盛的生命

在悬崖，在绝壁

在沙漠，在旷野

有树的地方

就有生机，就有希望

树

是天地间最高的生命

扎根在大地深处

亲吻着天空的嘴唇

刺破云天的树

托起一片绿云

夜深人静的时候

我听到父亲栽下的那棵老杏树

叶子在风中哗啦哗啦作响

它仿佛要与我对话

树

饱经沧桑的树

站在那棵树下

家门口有棵石榴树

回家看到那棵树

心中就泛起喜悦的潮水

一棵树

扎根大地

有绿叶婆娑的生命

有顽强向上的精神

有挡风遮阳的功效

有香甜解渴的果实

爱一棵树

爱它的每一片绿叶

白天

站在那棵树下

享受它带来的荫凉

听小鸟啁啾

领略大自然的美丽

心

在高枝上栖息

夜晚

在树下站立

与树对话

抑或

享受孤独

一棵树

与我的生命息息相关

世上的万物

究竟和我有着怎样的联系

草木、五谷、星辰

都是我敬畏的

我的体内

有一棵树的精神和气血

影 子

如影相随

有时说不清

是影子跟着我

还是我跟着影子

我和影子

都离不开光

一朵云

影子落在大地上的时候

像云站在地上踮了踮脚尖

大地

称了一下云朵的重量

杨柳

垂首在河水中梳洗

打捞起湿漉漉的记忆

树，看着水中的自己

一次次把身板挺得笔直

星星、月亮、太阳

扶着风的梯子

一个个跳入大海

它们是厌倦了天空的荒凉

还是要在海水中洗浴

天空是大海的倒影

还是大海是天空的倒影

万物

都有自己的影子

我不知道

多年后

我还能不能看到

自己的影子

朝　霞

清晨的阳光
又一次翻过玻璃跃进室内
我被橘红色包裹

这光是有味道的吗
我嗅见了秋天成熟的橘子的甘甜
燃烧的心呼吸着芬芳
又迎来有爱的一天

来来往往的车辆
步履匆匆的行人
都沐浴在金色的霞光中
如果霞光是一团火
可否燃烧我多余的脂肪

朝霞如血
丝丝缕缕注入我体内
我热血沸腾，脚步轻盈
爱我和我所爱的人们

我们在清晨出发

收获属于我们的麦子、苹果和向日葵

还有像花儿一样开在心间的爱

被晨光拥抱的躯体

朝霞慷慨为西山镀光

那一抹金色

会不会被西山惦记并感恩

朝霞从高枝跌落地上

抚慰一片落叶的孤独

被晨光拥抱的躯体

抖落了夜晚的寒凉

牛羊踩着光的温情

到草地山坡

咀嚼一片荒草的忧郁

从乡村走向城市

熬过了多少夜的黑

和冬日的寒

途中经过的生命

都是光的载体

这么多年了

我与晨光的相约

从未间断

被晨光拥抱的躯体

有温度，有色彩

有爱的光芒

天空写满了诗意

是谁的巧手

在湛蓝的天幕上涂抹

有时墨迹斑驳

一如颜体的笔迹那般厚重

雷声滚过天空

闪电划破天空

瘦金体一遍遍演绎笔力遒劲

雨过天晴，碧空如洗

一座彩虹桥挂在天边

此刻，只配嫦娥在桥上起舞

夜晚星光闪耀，明月皎皎

仰望星空

内心充满爱和感激

是谁的手笔

让天空写满了诗意

背 影

芦花

诉说着柔情蜜语

野草

托起了一轮明月

河水

唱着婉转的歌谣

月亮

在阴晴圆缺中追求美满

那块白玉

天空和大地

都想拥有

许多年后

月光的背后是我的孤单

今生遇到你

通体透亮

月满了

心窝的梦也实现了

光影里

都是阑珊

岁月

那般惊艳

丰　盈

阳光

丰盈了影子

月亮

丰盈了思绪

鸟鸣

丰盈了听觉

花朵

丰盈了目光

芬芳的田野

丰盈了金黄的岁月

一块绿色的草地

丰盈了荒芜的日子

红红的果实

丰盈了甜蜜的记忆

迷人的笑脸

丰盈了激动的心

前行

让身后的脚印丰盈

叶子上的白月光

一片叶子

托起一束白白的月光

夜

游荡着多少情思

波光粼粼

青蛙搅动池塘

虫儿歌唱

谁解一夜的愁闷

盈盈的水声打着弧形

白月光

试图收走人间的相思

如果月亮老了

如果月亮老了

是否像父亲的额头

爬满皱纹

如果月亮老了

是否像母亲的脸

失去光泽

如果月亮老了

还能不能容下那么多情思

月亮正在赶路

从月缺到月圆

一月又一月

不知疲倦地走

如果月亮老了

它蹒跚的步履还能不能走动

如果月亮老了

它掉下西山

还能不能从东山顶爬上来

如果月亮老了

岁月会不会慢下来

如果月亮老了

太阳会不会悲伤

如果月亮老了

那些形形色色的月饼

还会不会像记忆中那般香甜

遍地月光

月亮升起来的时候

遍地银辉

静谧的世界没有喧闹

轻柔的风

捎去缕缕思念

走过无数遍的小路

留下了你我密密麻麻的脚印

如今

你在离天最近的地方站岗巡逻

在遥远的边关

你感受到了我的思念吗

圆圆的月亮

承载过多少爱

仰望明月

竟然是一种奢望

心与明月碰撞

是心与心的碰撞吗

遍地月光，遍地思念

昼与夜

昼夜交替
维系着阴阳的平衡

阳光下总裸露着坦荡
暗夜中总潜藏着龌龊

有人在黑夜中播撒光明
有人欲将白天的太阳熄灭

阳光磊落了光明者的赤诚
黑暗隐藏了黑暗者的丑陋

高尚坦荡者与光明同行
卑鄙狭隘者与阴暗苟合

黑夜再厚的外衣
也会被阳光的针刺破

明天的阳光

一切都很平静

花开败就会结果

阳光会取代月光

风过处还是风

你所期望的

没有出现

忧伤失望是没有用的

时间

拐了个弯消失

昨天的忧伤

已落在心湖之底

今天的叹息

惊动不了一粒尘埃

让时间

抽干体内的浑浊

明天的阳光

会抚慰昨天的伤口

相比于今天

明天会更好

期待明天

优雅而来

岁 月

岁月在流水上刻下皱纹

在树木上画圆

在石头上雕塑

岁月是一颗流星了无画痕

岁月是青藏高原的白雪

化作了江河

岁月将一些牵挂拉长

岁月是天空的蓝

被流云放牧

岁月是大地上的一匹骏马

驮走了日月

岁月是一双无情的手

盗走了父母曾经的容颜

岁月

是我仰望星空的

一声叹息

或是无奈

岁月的风

无孔不入的风
又在窥探我的心事
它已经把喧嚣轰鸣
驱逐到了寂寥的天空
我奔涌的激情
也不知散落在了何方

风来风去
雕刻着事物的模样
狂风
改变了多少人行进的方向

有力的风啊
曾经召唤了我青春的跋涉
萧瑟的风啊
见证了我一天天放松的脚步
从此以后
我真的不愿饱经风霜
风呀，我想把风言风语
都还给你

在太阳中穿行

暑者

地上有太阳

地下也有太阳

地上的太阳在头顶

地下的太阳在脚下

节气逢小暑

我在太阳中穿行

太阳

从草木的根部燃烧

万物

都在晾晒沸腾的青春

两个太阳

催生小暑

一千颗、一万颗熟透的杏子

一千个、一万个燃烧的太阳

一千颗、一万颗红红的桃子

一千个、一万个燃烧的太阳

消暑的人

把西瓜切开

瓜中跳动着太阳的心

流淌着太阳的血

头顶的太阳和脚下的太阳

都有赤诚鲜红的心

都在为生命燃烧

吃下西瓜

太阳花会在心中绽放

要理解一棵草内心的需求

要理解一棵树炎夏的旺盛

零度以下

草木伤神

冬天的寒

孕育不出鲜嫩的绿色

在太阳的怀抱

万物欣欣向荣

两个太阳

热浪滚滚

两个太阳

激情四射

两个太阳

让灵魂燃烧光芒

在太阳中行走

心中有清风吹拂

晨光在鸟鸣中起落

晨光嫣红的脚步

随清脆的鸟鸣落下

初升的太阳

婴儿般鲜嫩

大地

血色的洗礼

一个黎明的诞生多么平常

有谁听到太阳的哭泣

悲伤只留给昨夜

麦浪起伏，花朵绽放

看到的

都是明媚

又一声鸟啼

西下的落日

燃烧了谁的眸子

夏日的风

可曾带来美好的祝福

星空灿烂

气象万千

都渗透着太阳的血

掉进荒草的月光

掉进荒草的月光

如同清流流进了原野

带着温情的月光

安慰一棵草的伤痛

被牛羊反复啃食的草

与洁白的奶

与香喷喷的手抓羊肉

和鲜美的牛排

隔着口舌和肠胃的距离

就让月光流淌

洗涤草尖上渗出的血迹

一棵折伏的草

不会忘记和月亮的初恋

谁在付出真情

谁在静待明月

月无声

草无声

月光在抚慰小草

小草捧起了月亮的脸

黄　昏

落日拖着长长的影子

欲将万物带到山那边

太阳与万物拔河

那根绳越拉越长

被西山顶的石头硌断

日头咚的一声掉到沟里

没有人知道太阳的疼

绳索断了渗出的血

被弹到了东山尖尖

你燃烧成一团火

给这个冬天带来最美的温暖

晨光夕照

你嫣红的脸搽了多少粉

映红了天空大地

一河血色

一江红云

一山凝重

飞扬的神采

飞扬成鲜红的旗帜

开花的阳光

如此明媚

晨读晨练

是谁

裁剪下你最美的倩影

希望

像太阳般燃烧

出巢的鸟

驮着金色飞翔

秋天模仿你的色彩

苹果模仿你的笑脸

向日葵模仿你的站立

西瓜模仿你的内心

你永恒的爱

炽烈的情

温暖了多少冰冻的心

万物对你顶礼膜拜

黄昏

你以浓烈的情

磅礴的气势

告别今天

留下血色浪漫

大爱无声，山水有情

我想留下你的爱

在身体里储存一缕光

驱赶慢慢来临的夜的黑

遥远的星辰

遥远的星辰

究竟藏着怎样的奥秘

我的想象

鹰一般巡视你的领地

你闪烁着钻石的光芒

如梦似幻

金辇驶过，华盖如云

飞天的长袖

舞出倾世的温柔

星空深邃

如果我俯瞰宇宙

到底要在哪个高地

这晶莹剔透的星辰呀

潺潺的流水

明媚的花朵

茂盛的草木

是另一种形态的存在吗

人间的渺小

如一粒尘埃

宇宙浩瀚

星空博大

我的想象

自由漫步

无边无际的思绪

在星空之外

暮 色

时间的重槌

敲打着夕阳硕大的鼓

溅起的烟霞

让群山披上了袈裟

像一个个打坐的高僧

默念着宇宙的真经

牧归的老牛

双角顶着那片残霞

倔强地不服已是垂垂暮年

嗡嗡作响的夜色

会像锯子般锯碎它的骨头

剩下的牛皮

会编成皮鞭

重重地抽打其他的牛

而走向夕阳深处的一对老人

曾在落日的余晖中相识

如今感叹岁月易逝

恍惚间就老了

他们的身影

被夕阳镀上了一道金边

暮色

如同生命的绝唱

麦 收

一切都准备好了

当犁铧划破了山村的黎明

划过泥土，划过春天

划痛了我的胸怀

一粒小小的种子

钻进我的体内，大地的体内

我忍受着，孕育与播种之痛

从此，我生命里又多了无数的儿女

从小芽破土，到麦苗泛青

我的怀抱长出一片金色的麦田

麦穗们摇晃着，碰撞着

宣告它们的成长、成熟

我忍受着孤寂

忍受镰刀割着的疼痛

我静静地放慢了心跳

对它们说：来年春天再见

一切，重新开始

萦绕

白云

萦绕在蓝天

水鸟

萦绕在河中

一片彩霞

萦绕着旭日

一片清香

萦绕着花朵

总有一些事情在心头萦绕

亲人的疾病

现在治疗得怎么样了

很久不见的朋友

还好吗

这些萦绕在心头的事

像月光

压疼了思绪

小　城

鸟鸣

叫醒小城

朝霞

为小城化妆

小城

被青山绿水环绕

城里的人

都像花朵般绽放笑脸

小城

每天会因各种喜事欢乐

娶亲的鞭炮

向天空炫耀人间大爱

喜迁新居

挂在眉梢上的笑

掩饰不住内心的喜悦

金榜题名

小城代有人才出

小城，喜气洋洋

走进小城

领略它的清新、靓丽

感受它的青春、活力

小城

每天都焕发新的容颜

每天都有新的故事

忙碌的日子

田野麦浪滚滚

麦子欲排列为阵

显示麦子的威严

麦芒

刺破云朵青天

以麦香诱惑天空

民以食为天

天以民为本

在田野上忙收

在蓝天下忙种

北方在割麦

南方在插秧

好在机器轰鸣

不用再弯腰，汗滴禾下

伯劳鸟的鸣叫声响彻田野、山林

催促着忙碌的身影

风中，又传来了饭香的味道

忙碌的日子

才是香甜的日子

熟悉的景物都在睁眼看我

清晨

日出、楼群、车流、人流

这些熟悉的景物

每天都会跑入我的眼帘

让我感到日子的正常

生活的平静

那些熟悉的景物

也都在睁眼看我

窗户像一双双眼睛

密切注视着我的一举一动

还有车灯

树木乃至花草

它们像城市的摄像头一般

公开或隐秘地看着你

在办公室

桌椅在看着我

沙发在看着我

天花板上的顶灯在看着我

在众目睽睽下

我的一举一动

都要小心翼翼、循规蹈矩

比如说我的坐姿

我的谈吐

出门过斑马线

乘公交车等

我是城市中的渺小

我怕一不小心

把世界的平衡打破

我自己摔倒在马路上

铺在天上的路

铺在天上的路

没有坎坷，曲折

没有带刺的荆棘

铺在天上的路

宽广、高远

近跨城际

远越大洋

缩短了时间

压缩了空间

曾经

我们羡慕鸟儿的翅膀

我们想象着神仙腾云驾雾

曾经

我们看着星空发呆

曾经

我们只能放飞风筝

可如今

高路入云端

银燕飞四方

铺在天上的路

金辇开道，龙飞凤舞

仙女飞翔，衣袂飘飘

铺在天上的路

传递着白云般的深情

太阳般的温暖

铺在天上的路

深邃、邈远

承 诺

雪落下来了

对托举着它的风说

今生不离不弃

永远相伴

风说

只有我俩相伴

才能显示风雪的酷

世界所有的相遇

都是那般美好

朝霞之于太阳

河流之于大海

蜜蜂之于花朵

春天来了

雪融化了

风在呜咽

不知是雪的无情

还是雪的无奈

有时候

承诺

就是一片雪花的轻

风沙遮蔽了春天的笑脸

杏花开了

玉兰花开了

桃花、迎春花含苞待放

春天

在枝头灼灼欲燃

然而

一场滚滚黄沙铺天盖地

瞬间

遮蔽了春天的美丽

天空昏黄的脸

异常恐怖、狰狞

木塔、钟楼、黑河

都在痛苦地呼吸

汽车、行人乃至猫狗

都像文物般古旧

杨柳披头散发

失去了新春的鲜嫩

沙子

欲将鼻孔、耳朵变为新的栖息地

天空是巨大的陶底

太阳是个蛋黄

大地是一张沙画

风还在肆意涂抹

楼群之间的灯

像老人昏黄的眼

看不到多远

娇嫩的花朵

灰头土脸，花容失色

杨柳的枝条

在沙尘的重压下呻吟

蜜蜂

载不动春天的沉重

我在忧郁中呼吸

客厅、卧室都弥漫着沙尘

我

变成了一座移动的吸尘器

看一眼窗外

心

像沙子般坠落

这场风沙过后

我们都去植树吧

在腾格里、巴丹吉林

塔克拉玛干大沙漠

都种上树

让沙漠变成绿洲

让春天呼吸洁净的空气

让花朵更加娇艳

风沙

再也遮不住

春天的笑脸

我要掏出内心的虔诚

打开窗户，让洁净的空气流通

让阳光的羽毛装饰我的世界

我要掏出内心的虔诚

独自坚守我的领地

构筑起坚固的城池

守护健康平安的日子

十一月，花瓣凋零，落叶萧萧

季节

仿佛在为自己唱着挽歌

寒风敛尽了大地的光芒

这样的日子

已不适合旅行、赏景

我还要有一些耐心

继续简化我的生活

或者在空白的纸上

写下几段婉约的文字

喂养灵魂的冬天

我要掏出内心的虔诚

坚守最后的防线

我所期待的美好

必将来临

鸟儿，振翅驱赶流水

水在赶路

昼夜兼程

鸟儿

扑棱着翅膀

不时拍打着水的肩胛

驱赶流水迈步

鸟儿的担心

并非多余

如果水走得太慢

前方会断流

海那边的众鸟

会忧伤哭泣

喜鹊飞过大河

仿佛在丈量银河的宽度

从银河归来的喜鹊

欲衔来星星

填平大河

让有情人不被河水阻隔

鸟儿扎在水中

捉了一条鱼

挥霍水的鱼

会被鸟

摆到天空的餐桌

被放逐的流水

放低了身段

鸟儿放牧河流

就像白云放牧蓝天

途中的一些曲折

被鸟儿的惊叫渲染到天际

喜　鹊

一棵裸露的树上

喜鹊被时空放大

它登临高枝

喜笑颜开

以君临天下的口吻

叽叽喳喳叫个不停

曾经的忧伤呢

曾经的痛苦呢

莫非年年七夕

你把人间的苦难带到了银河

喜鹊

人间的报喜鸟

不辞辛苦

不畏严寒传递快乐

让喜悦

从树梢

转移到眉梢

水 鸟

一任寒风萧萧

兀自在天空飞翔

驮着阳光的鸟儿

将自己的灵魂安放在水中央

水中的岛上有它的巢

鸟儿收藏阳光的金箭

冬天的河水湛蓝清澈

黄河鲤鱼轻盈地摆动尾巴

在接近零度的水中沉醉

给鸟儿留下美好的幻想

鸟儿窥探白塔的内心

站在桥头的钢架

俯视蜿蜒的河流

欲在河中

打捞往昔的幸福

水鸟的梦

是河中的斑驳陆离

青 鸟

你是在追赶落日

还是放牧流云

向西、向西

翅膀削开风云

目光俯瞰天下

落日

悲壮得像英雄的远征

暮色苍茫，西风渐紧

青鸟

今夜可否栖息在我家的屋檐

除 夕

被欢乐滋润的年

在除夕降临

一幅幅春联

寄托着语言表达不尽的幸福

红红的灯笼

洋溢着内心流淌的喜悦

在这样的节日

情感会付出得更多

爱会付出得更多

年三十的团圆饭

被赋予了更多的色彩

外地打工的辛酸

亲人离别的思念

全家团聚的喜悦

都在杯盘交错中释放

更多的祝福

更多的期盼

都在明天

都在来年

今夜

让更多的激情释放

除夕

曾经的恶魔

早已被对联、灯笼、爆竹驱走

现在要除的

是一年的烦恼、忧伤

让快乐更多一些吧

看春晚，放鞭炮

今夜无眠

等待新年的钟声

等待被幸福淹没的时刻

春节

春天的节日

明天

一切会更美好

元宵夜

今夜的月亮

曾经被无数诗人讴歌

今夜

月宫挂起了万千灯笼

桂花树花灯绽放

嫦娥在万盏灯影中翩翩起舞

今夜

多少双欣喜的目光

栖息在月亮的高枝

今夜

大街上灯火辉煌，游人如织

怎能辜负这良辰美景

今夜

到处有美丽的风景

穿行在人头攒动的队伍中

成为风景中的风景

玉带般的黄河

流淌惊艳的璀璨

流淌倾世的温柔

天上月圆

人间团圆

举杯

把剩余的欢乐

在今夜释放

谁在切割时光

是谁

用一把无形的刀

把时光切成两半

那些悬而未决的事

被六月的风搁浅在沙滩

想想远去的岁月

心

从游乐场的过山车上驶过

六月

是从一个欢乐的节日开始的

看着一张张花朵般的笑脸

我只能在记忆中

捡拾童年的乐趣

欢乐的六月

忧伤的六月

一匹飞跑的白马

踌躇满志的学子们

将在六月切割自己的人生

希望与失望

喜悦与悲伤

让六月

多了一些忐忑

风

在六月的刀尖上跳着芭蕾

好在麦子黄了

切割时光的那把刀

会收获夏天的成熟

八 月

八月的大地硝烟弥漫

八月的天空滚过惊雷

八月的闪电划亮天空

八月的枪声惊醒神州

八月曾经诞生了一支队伍

历史的脚步有了雄壮的旋律

鲜红的军旗

凝聚着血写的忠诚

一路征战

一路荣光

八月战旗如画

八月军歌嘹亮

八月铁流滚滚

八月绿潮如涌

走进八月

蓝色的天空

白鸽翱翔

彩色的土地

硕果累累

八月

丰收的八月

豪迈的八月

走进八月

走向辉煌与灿烂